Arno E. Müller

Kurzgeschichten

# Kurz Gesponnen

**Impressum**

© 2015 arno müller layout@web.de

2. Ausgabe 2015 Band 1

Alle Rechte vorbehalten.
© 2015 Texte, Grafiken, Layout vom Autor

**Herstellung und Verlag:**
**BoD - Books on Demand, Norderstedt**
**ISBN 978-3-7347-8910-6**

**Warum die Geschichten so kurz sind?**

Es heißt immer: Das Leben schreibt die Geschichten. Der Autor hat sie einmal nachgefühlt.

Ich lauschte dem Leben Geschichten ab, verspann sie und heraus gekommen sind leicht versponnene Texte, die in heiterer Form den Alltag beschreiben, wie er täglich passiert, aber schnell verdrängt wird.

Kleine Erinnerungen - Kurz gesponnen!

## Heute ist wieder ein schöner Tag

Ich beginne mich zu räkeln. Langsam werden meine Gliedmaßen wieder belebt.

Ein Auge öffnen und auf die Armbanduhr blinzeln, wie jeden Morgen. Ach, ja. Die Nacht ist herum. Ich beginne mich zu orientieren. Vom Fenster scheint es halbdunkel. Zwar ist die Jalousie noch dicht, aber wenn die Sonne scheinen würde wäre es wesentlich heller im Raum.
November. Da ist nicht unbedingt mit Sonne zu rechnen. Manchmal verkriecht sie sich fast einen November lang sagt mir meine Erfahrung. In diesem Jahr ist das anders. Wenn auch nicht täglich, so ist die Sonne in diesem Jahr öfter zu sehen.
Noch einmal räkeln. Richtig lang machen im Bett. Das zweite Auge geht jetzt auch auf. Es ist gar nicht so dunkel, wie es anfänglich aussah. Die Leute haben Recht - mit dem zweiten Auge sieht man besser. Nein - mit beiden Augen sieht man besser. Das andere ist Werbung.

Heute? Was wird denn heute? Aus dem Gedächtnis krame ich Stück für Stück meine Vorhaben heraus, die ich am Vortag dort eingelagert hatte. Sind nicht viele. Wenn ich diese erledige bleibt sogar noch Zeit frei. Freizeit.

Freizeit ist auch nur sinnvoll, wenn man in dieser Zeit etwas tut. Ist es dann trotzdem Freizeit?
Erst einmal die Beine aus dem Bett. Alles gemächlich. Ich muss mich schließlich nicht mehr nach dem Wecker richten. Die Erledigungen im Bad sind Routine. Der Tag wird schön. Ich recke mich noch einmal kräftig.
Jetzt kommen die Annehmlichkeiten des Tages.

Ich beginne mit dem Frühstück. Mein Lieblingssender spielt meine Lieblingsmusik. Ich kann sogar jedes Wort des Textes verstehen. Das machen die dort im Sender, damit es mein Lieblingssender wird. Geschickt!
Zeitung zum Frühstück? Bei mir nicht! Ich will nicht süßes Honigbrötchen mit blutigen Berichten von der Front, von der Autobahn und aus dem Milieu. Alles zusammen schmeckt mir einfach nicht. Da hänge ich lieber meinen Gedanken nach. Es wird wieder ein schöner Tag heute - stelle ich fest.

Beim zweiten Mocca sehe ich wie eine dicke, schwarze Wolke über das Haus hinweg zieht. Warum jetzt ausgerechnet die Krähe auf dem kahlen Ast des Baumes, mir gegenüber, landet ist mir ein Rätsel. Von oben kann ich nämlich sehen, wie manche Leute ihren Regenschirm aufspannen. Was nutzt ihr ein nasses Federkleid? Sie kann nicht, so wie ich, mal schnell den Mantel ausschütteln und ihn an die Heizung hängen. Mit lautem Krächzen fliegt sie davon. Auch die Wolke ist weg. Der Wind hat sie vertrieben.

Vor mir liegen noch meine Tabletten. Mein Doktor meint es gut mit mir. Hätte ich diese Menge an Tabletten bei meiner Mutter gesehen, wäre ich ernsthaft besorgt über ihre zu erwartende Lebenszeit gewesen.
"Wie ging es ihnen seit dem letzten Mal?" Ein Griff zum Rezeptstapel und ich brauche nicht zu antworten. Er ist ein ganz Netter. Da kann ich nicht meckern. Nur einmal guckte er irritiert als ich fragte: "Ist das Medizin oder Nahrungsergänzung?" Er konnte aber seinen Unmut unterdrücken.
Ich benötige nämlich schon eine ganze Tasse Flüssigkeit um meine Tabletten hinunter zu würgen. Und damit meine ich nur die Ration für morgens.
Flutsch! Weg war sie! Eine von den kleinen Dingern liegt auf dem Boden. Das Bücken bringt mir doch noch einige Unannehmlichkeiten. Das ziept und zerrt im Kniegelenk. Rheuma. Eine von den kleinen Biestern vor mir soll das Rheuma in Schach halten. Immer klappt das nicht. Sie reißen aus. Dann bekomme ich aber mein Reißen nicht in den Griff.
Hoppla. Hat sich das Wetter geirrt? Es ist heute wie im April. Regen und Nebel war angesagt und plötzlich bis zum Horizont alles blau am Himmel. Die Vögel zwitschern und trällern. Heute wird ein schöner Tag.

Den Parka übergeworfen und hinaus zum Einkauf. Den Einkauf erledige ich gern täglich. Selbst sonntags würde ich einkaufen gehen. Aber wenn Kirche und Gewerkschaft nicht wollen kann ich eben nicht einkaufen gehen. Jeden Tag einige Kleinigkeiten kaufen. Ein Schwätzchen mit dem Schätzchen oder einen Scherz an der Kasse. Alle haben plötzlich hellere Gesichter. Sogar die Rabattmarken übertreffen den Wert meines Einkaufs um ein Mehrfaches.
Dieser Tag entpuppt sich langsam zu einem guten Tag.

Ich schrecke hoch. Ach, die Frau Nachbarin. Ich war gemeint. "Guten Tag" hat sie mir gewünscht. Das kann ich bestätigen. Wir stellten es dann auch gemeinsam fest. Egal ob Herr B. erst nach dem Frühstück von einer wichtigen Reparatur bei Frau Z, die er gestern Abend begann, wieder in seine Wohnung ging oder der Pudel wieder in die Schuhe von Frau W. gepinkelt hat - es lohnt sich einen "Guten Tag" zu wünschen. In Süddeutschland sagt man so etwas nicht?
Ich grüße niemand, den ich nicht sehe. Aber wir benötigen doch jeden Tag einen guten Tag?

 Mittagessen!
Die Mitte des Tages und der eigentliche Höhepunkt des Tages. Mittagessen könnte den ganzen Tag dauern. Jede Gabel, jeder Löffel fischt täglich etwas Besonderes vom Teller. Besonders in Gesellschaft schmeckt so ein Essen. Man spricht nicht mit vollem Mund? Aber doch - in der Familie geht das schon. Dann dauert das Essen etwas länger, aber man kennt alles Neue aus der Familie und der Nachbarschaft.

 Ich sitze beim Essen wieder am Fenster. Die wechselnde Bewölkung ist faszinierend. Auch die Vögel haben wohl ihre Mittagspause. Mir gefällt dieser Tag.

 Da war ich wohl etwas eingenickt. Selbst der stramme Mocca nutzte da nichts. Passiert mir jetzt ab und zu. Nur sitze ich dabei nicht im Lehnstuhl oder Schaukelstuhl. Diesen Anblick kenne ich nur aus Märchenbüchern oder alten Filmen. So ein Schaukelstuhl ist praktisch, denke ich mir. Jetzt gibt es so etwas auch wieder zu kaufen. Für meine kurzen Nickerchen kann ich in meiner kleinen Wohnung keinen zusätzlichen Platz frei machen.

Etwas die Augen reiben und zum täglichen Spaziergang an die Luft. Manchmal ist dabei auch noch etwas zu erledigen. Das Gehen tut gut. Ich sehe auch mehr, als wenn ich immer die Verkehrsmittel benutze. Schlechtes Wetter? Das haben die Eiligen. Es nieselt jetzt. Schöne bunte Schirme beleben den Weg. Ich zücke die Kamera. Es müssen nicht immer Blüten sein. Regentropfen geben auch ein schönes Bild.
Die Schirme als Blüten des Novembers?
Ich habe auch einen Schirm. Nur so für alle Fälle. Er zeigt als Muster ein Gewitter. Mit Blitz und dicker Wolke. Ich sollte mir einmal einen bunten Schirm zulegen.

Bei Regen eine kleine Runde. Bei trockenem Wetter eine große Runde oder sogar mit dem Fahrrad. So wird es ein schöner Tag.
Etwas Besonderes ist immer ein Spaziergang in einen der vielen Parks um mich herum. Manchen Weg, oder sogar manchen Abschnitt des Parks, habe ich für mich allein. Es raschelt im nassen Laub. Auch die Vögel sind hier nicht so scheu. Sie kennen das Menschengewimmel.
Auf einer Bank sitzt ein Herr mit Hut. Ich kenne ihn schon lange. Kennen? Wir haben uns bisher nur einen "Guten Tag" gewünscht. Dieser Herr füttert immer das Kleingetier. Es ist ihm egal welche Tierart ihn aus der Hand frisst. Vogel oder Eichhörnchen. Auch Mäuse bekommen ihren Teil. Vor seinen Füssen liegt auch immer etwas Futter. Dort picken
die Spatzen und Tauben.
Die Parkwächter ignorieren ihn. Niemand von ihnen spricht ihn an.
Heute breche ich den Bann. Ich setze mich zu ihm. "Guten Tag". Noch einmal. Er blickt kurz zur Seite.
"Na, heute alleine?" fragt er verwundert. Ja, allein. Sonst sind wir um diese Zeit immer im Doppelpack unterwegs. Aber meine Begleitung kann heute nicht so gut laufen. Ich erzähle ihm das. Er sitzt unentwegt mit ausgestreckter Hand, auf der das Futter liegt.
"Ich wünsche ihr gute Besserung. Meine Luise konnte auch so schlecht laufen. Voriges Jahr ließ sie mich für immer allein. Schade, dass sie das hier nicht mehr sehen kann. Sie war immer gern hier."
Wir schwiegen lange.
"Es ist ein schöner Tag heute" meine ich zu ihm, dann ging ich langsam weiter.
"Ja", hörte ich nach einer Weile hinter mir. "Ein schöner Tag".

Dann abends. Abendbrot ist vorbei. Alles an diesem Tag wurde erledigt. Ich will das Neueste vom Tage hören und mache den Fernseher an.
In den Berichten verlief dieser Tag so völlig anders. Vierzig Tote bei einem Sprengstoffanschlag. Ein Minister legt sein Amt nieder. Sein Amt war wohl nicht tragbar. Das Amt oder der Minister? Er wurde bestochen. Wieder einige Firmen pleite. Eine Bank braucht neues Geld. Warum eigentlich? Sie haben doch meines und das Millionen Anderer. Die zwölf Autos auf der Autobahn

sind zerfetzt - wie die Menschen die darin saßen. Ein Selbstmörder nutzte die Autobahn in der falschen Richtung. Warum sollten die Anderen mit ihm sterben? Es gab noch ein eingestürztes Haus und eine schwere Überschwemmung. Die Berichterstatterin lächelte am Ende der Sendung. Sie wünschte mir einen schönen Abend.

Ich klapperte schon mit den Augenlidern. Der Film schaffte es nicht mich wach zu halten. Regeln müssen sein. Erst als die Uhr die übliche Zeit zeigte rückte ich ab zur Abendtoilette.

Dann in mein Bett kuscheln und Licht aus.
Hatte ich einen schönen Tag heute?
Ich beschließe sinnierend: Es war ein schöner Tag.
.

**Ich will das "a" retten**

Vor vielen, vielen Jahren war es, dass ich das "a" zum ersten Mal erblickte. Es prangte auf einer Zeitung als Teil einer Überschrift. Noch des Schreibens und des Lesens unkundig tippte ich auf das schöne große "a" und lallte "Da".
Sofort begannen die Augen meiner Mutter zu glänzen. Sie strich mir über den Kopf und erklärte mir freundlich: "Das ist ein "a". Sag mal "a"!"
"Da" lachte ich und sabbernd umfuhr ich mit meinen Knubbelfinger den schönen Buchstaben.

Das soll noch öfter passiert sein, wurde mir berichtet. Auch mit anderen Buchstaben. Und immer das gleiche Ritual.
Hatten wir Besuch versäumte es Mutter nie auf mich zu zeigen und zu betonen, dass ich ein ganz kluger kleiner Racker wäre. Die Besucher guckten etwas zweifelnd, aber Mutter beharrte auf ihre Erkenntnis.

Ich denke heute, dass meine Mutter wie alle Mütter war.
Aber der Erfolg gab ihr Recht. Ich lernte lesen. Das kleine und große ABC. Darum ab in die Schule.
In der ersten Klasse war nicht viel los. Lesefibeln gab es nicht. Verboten! Sie sagten nicht warum sie verboten sind. Da war es im Rechnen besser. Zusammenzählen (Addieren lernten wir später) von Kanonen und Soldaten. Soldaten durften wir auch abziehen (Subtrahieren lernten wir später). Alles wie im richtigen Leben.
Das erste richtige Buch, das ich zum Lesen bekam war ein kleines Handlexikon.
Natürlich begannen dort alle Wörter auf den ersten Buchseiten mit "a". Und so blieb mir immer das "a" in Erinnerung. "A" wie Anfang. Wer "A" sagt muss auch "B" sagen. Ich lernte also brav das ganze Alphabet.

Viele Jahre der Bildung folgten noch. So lange, bis es auch für Einbildung reichte. Das "a" verlor ich etwas aus den Augen. Jetzt bin ich wieder soweit auf das "a" zu achten. Manchmal vermisse ich es sogar.
Schleichend, von innen aushöhlend und verdrängend gewinnt ein anderes Zeichen immer mehr die Oberhand.
Es kam mit der elektronischen Post über uns. Wer am PC sitzt kommt selten drum herum dieses Zeichen zu nutzen. Es erfüllt

einen guten Zweck. Es ist praktisch, aber es ist auch Besitz ergreifend.

Inzwischen finde ich dieses Zeichen immer öfter als Ersatz für mein geliebtes "a".
Ja, das @ hat uns überrannt. In Massen überflutet es alles Geschriebene und setzt sich an die Stelle des "a".
Als Sonderzeichen erfunden tritt es jetzt seinen Siegeszug in unser Schriftgut an.
Besonders in der Werbung tritt es mir am oft entgegen. Findige Menschen setzen es an die Stelle des "a" in ihren Namen ein.
Ich habe das einmal mit einem berühmten Namen ausprobiert: H@ns F@ll@d@.
Dazu fehlt mir einfach ein Kommentar.

Jetzt mache ich mir einige Gedanken, wie der Schriftverkehr in einem Jahrzehnt aussehen könnte.
Auch dazu werden Menschen eine Lösung finden. Denn das "@" spricht sich schlecht in einem Fließtext. Man wird also das "@" einfach nicht mitsprechen.
So nähern wir unsere Sprache der Sprache der afrikanischen Buschmänner an. Denn sie wissen schon lange, wie man sich auf Wesentliches beschränkt. Sie sprechen Vokale einfach nicht mit.
Ich werde dieses "@" niemals so lieben, wie mein erstes "a".
Darum setze ich nur ganz bewusst ein "@" ein. Aber niemals als Ersatz für ein "a".
Ich will nicht @rno heißen. Niemals!
Ich werde mein "a" retten.
.

## 1098 böse Wörter

Ach ja, damals war es"
Diesen Satz sagt heute fast kein Mensch mehr. Wenn er doch noch einmal gebraucht wird, dann als Zitat. Wir sind doch heute alle noch so jung, dass wir gar keine Vergangenheit haben. Worüber sollten wir denn berichten?
Wie ich darauf komme?

Neunzigjährige beim Marathonlauf. Hundertjährige beim Eisbaden. Es gibt so viele Beispiele. Vorbei ist die Zeit, dass eine Oma sich liebevoll um die Enkel kümmert. Sie hat einfach keine Zeit dazu. Gerade ist sie wieder im brasilianischen Urwald unterwegs um seltene Schmetterlinge zu jagen oder vielleicht einen knackigen Gaucho? Aber Letzterer reitet wohl nicht im Urwald? Warum soll sie auch nicht? Hatte sie doch das Geld gut zusammen gehalten, das ihr treu sorgender Gatte in 45 Arbeitsjahren erschuftet hat. Sie wollten es schließlich mal besser haben, wenn sie auf dem Altenteil sitzen. Pech für ihn. Er hat schließlich nicht auf sie gehört, als sie ständig mahnte, er solle doch einmal zum Arzt gehen.
Treusorgender Ehegatte, ehrsamer Rentner.
Ein guter Rentner stirbt rechtzeitig, damit er nicht der Gesellschaft zur Last fällt.

Anders sagte es ein Sprichwort aus den 1970er Jahren: "Fährst du einen Rentner tot, bekommst du eine Prämie!"
Feiglinge waren das damals. Jetzt haben wir eine Rentnerschwemme. Wenn wir die frische Jugend sehen wollen, so sehen wir sie nicht im Spiegel, sondern importieren sie aus aller Welt. Damit wir uns nicht zu sehr vom Import unterscheiden liegen wir den ganzen Tag am Strand und lassen uns bräunen. Taten wir das früher nur Sommers, so scheuen wir uns nicht auch heute im Winter in der Sonne zu liegen.
Das haben wir uns doch schließlich verdient? Sonnenstudios sind für Nichtstuer. Wer hat schon Zeit 15 Minuten auf dem UV-Grill zu liegen?

Ein uraltes Wanderepos besang damals das Gefühl der Erholung mit folgender Liedzeile: "Hinaus in die Ferne mit Butterbrot und Speck, das haben wir so gerne, das nimmt uns keiner weg." Ehrlich! Wer hatte schon Butter und Speck auf dem Brot? So lügen sie, die Überlieferungen.

Heute ist der Speck auf den Hüften. Trägt sich besser und man bekommt keine Fettfinger. Das neue Motto: "Trumpf dehnt die Figur!"

Wie immer, wenn Deutsche nachdenken, wie ich gerade, landen die Gedanken immer beim Essen. Ich schreibe jetzt gerade zwischen zwei Mahlzeiten. Das genieße ich. Ganz natürlich. Was bleibt dem Rentner, wenn er nicht am Strand liegt oder den jungen Badegästen das Badetuch von der nicht belegten Sonnenliege wirft? Er wartet auf die nächste Mahlzeit.

"Essen hält Leib und Seele zusammen!" Das wird immer schwerer Das schaffen nicht mal mehr die Ganzkörperkondome der Rentnerinnen, die als Badeanzüge verkauft werden. Gut für die Seele ist Essen allemal. Wer will schon zeigen, dass er sich nichts leisten kann, wenn er älter wird?

Was hörte ich, als ich auch mal faul am Strand lag? (Ich schreibe schließlich nicht unentwegt).

Da nörgelte eine Sonnenanbeterin im Fortschrittsalter unentwegt. Ihr Mann war schon ungehalten. Immer wieder musste er seine Aufmerksamkeit seiner Holden zuwenden, statt in Erinnerungen zu schwelgen: Seine Holde im Bikini! Vorbilder liefen genügend an ihm vorbei.

Sie trieb es aber auch zu bunt. Eben behauptete sie von einem jungen, drahtigen Mann, der auf der Düne stand und die Arme weit ausbreitete, dass der ihr in der Sonne stand. Mal abgesehen davon, dass dieses Gerippe niemals einen Schatten werfen konnte, war diese Kritik unangemessen. Kein Wunder, wenn ihr Göttergatte auch nur ein kurzes Zitat für die Nörgeleien seiner Liebsten übrig hatte: "Das ist ein Veganer, der stellt sich nur in den Wind um gut zu riechen".

Das ist kein Humor. Ich grinste trotzdem heimlich.

Damals war's. Da saßen wir ewig jungen und guckten jedem nach, der an uns vorbei ging. Das sah ungefähr so aus, als wenn wir einem Tennismatch zusahen. Nur langsamer. Kopf nach links, Kopf nach rechts. Wenn es knackte sahen wir uns an um zu sehen, wem jetzt der Kopf herunterfiel. Aber nichts war geschehen. Der Knacks war nur der Beweis, dass überhaupt noch Leben im Körper war.

Einer von und verstieg sich sogar zu der Behauptung: "Wenn wir hier noch einige Jahre rumsitzen können wir zusehen, wie unsere Kinder altern".

Mit Rudolf, auch einer von unserer Bank, hatten wir einige Querelen. Er richtete sich nach den vielen Rudolfs vergangener Jahrhunderte, die ich wirklich nicht herauf beschwören möchte. Wenn er in unsere Nähe kam guckten wir uns an, streckten etwas die Ellenbogen heraus und es gab wirklich keine Lücke mehr auf unserer Bank. Aber was tat Rudolf? Rudolf drehte uns einfach den Rücken zu und plumpste zwischen zwei von uns. Das schmerzte schon fast in der Nase. Rudolf hatte sein Leben lang, aber besonders jetzt, nach dem Motto gespart: Der Geist muss rein sein, nicht der Körper!" Er machte sich ständig lustig über unsere Miet-Nebenkosten. Über Rudolf gibt es Bücher zu schreiben, aber das hier ist nur ein kurzer Bericht. Später vielleicht mal.

Uns packte schon mal die Wut, aber wir wussten, dass Wut nur eine Angst ist, die sich nach innen kehrt. Wir echten Kerle und Angst? Das konnte nicht sein.

Damals war's. Da sprachen wir auch öfter vom Essen. Was gibt es morgen? Was wird uns unsere Küchenperle wohl heute vorsetzen. Das waren Dinge die uns bewegten. Nur Rudolf natürlich nicht. Tut mir leid, dass ich ihn schon wieder zitieren muss. Er hatte eine andere Art über Kochen und Essen zu denken. Hatte sich wieder einmal einer von uns zu der Frage an Rudolf verstiegen: "Was kocht denn deine Lisbeth heute für dich?" Und Rudolf? Er hatte sein Motto zu diesem Thema: "Wie ihr wisst, sind Lisbeth und ich intelligent. Naja, einer mehr die andere weniger. Und Intelligenz steht nicht in der Küche!" Sprach's und guckte triumphierend in die Runde.
Das saß! Welcher Studierte kommt auf die Idee, dass es noch mehr Intelligenz gibt, als er selbst erbeuten konnte?

Unser Intelligenztest für Neue auf unserer Rentnerbank prüfte schon von vornherein ob der Neue in unsere Runde passte. Wir sahen dass aber nicht so eng, wie sie das machen, wenn sie den ICQ prüfen. Wir hatten nur eine Prüfungsfrage: "Was ist passiert, wenn eine Kuh morgens links am See steht und abends auf der rechten Seeseite. Was machte sie mittags?"
Da guckten die Delinquenten saudumm. Die zogen meist mit einem Kopfschütteln wieder ab. Nur selten fragte einer nach der Lösung. "Dann ist sie ertrunken!" lautete die Lösung. Das hat nun wirklich nichts mit Intelligenz zu tun. Das ist das pralle Leben. Kurz, krumm und besch ... wie eine Hühnerleiter.

Ich höre mal auf von damals zu erzählen. Bringt doch nichts. Man kann die Kinder noch so gut erziehen - am Ende machen sie einem doch alles nach.
.

## Ärgernis oder Helfer?

In den Bussen und Bahnen stehen sie nahe dem Eingang.
Als ABO-Fahrer habe ich immer ausgiebig Gelegenheit zu sehen, wie dieser Automat seinen Dienst tut.
Dienst tun sollte?
Heute, die Bahn ist voller Fahrgäste. Es ist schließlich die Zeit der Berufstätigen. Es war mir nicht möglich diese Zeit zu vermeiden.
Mit jeder Haltestelle und jedem Tür öffnen wird es voller.
Alles ABO-Fahrer. Nichts los am Fahrkarten-Automat.

Doch, jetzt! Ein junger Mann steigt zu. Mit seinem Rucksack auf dem Rücken drängt er sich durch die Menge. Ein Fahrgast sagt "Au" und wirft ihm böse Blicke hinterher. Endlich steht der junge Mann vor dem Automaten.
Schnell zwei Taschen nach Kleingeld durchsucht - Nichts!
Der Rucksack muss runter. Schnell die Gurte von der Schulter und... der junge Mann hat Glück. In dieser Enge fällt sein Rucksack nicht zur Erde.
Nur noch etwas bücken und das Portemonnaie ist gefunden.
Stöhnend erhebt er sich.
Einige Male auf der Tastatur tippen und das Hartgeld einwerfen.
Scheine werden hier nicht akzeptiert.
Es klappert und klirrt. Der Automat schluckt. Hoppla. Jetzt speit er ein Geldstück aus.
Dieses Geldstück noch einmal einwerfen.
Wieder klappert es in der Auffangschale.
Dritter Versuch. Gewogen und zu leicht befunden. Es gibt keinen Fahrschein.
Der Fahrgast gibt auf.
Wieder bücken und das Portemonnaie ist weg. Schweigend haben alle zugesehen.
Einige Haltestellen weiter steigt eine Dame zu. Wie alt sie war?
Eine Dame kann nicht altern. Sie bleibt immer eine Dame, selbst wenn ihr Gesicht wie ein tertiäres Faltengebirge aussieht.
Die Dame drängt sich zum Automaten, wählt ihren Fahrschein; das Kleingeld klappert im Automaten und kurz danach fällt dieser in die Auffangschale.
Befriedigt steckt sie ihn weg und guckt nach etwas Platz in diesem Gewühl.
Ältere Mitfahrer gucken interessiert aus dem Fenster, jüngere lesen oder gucken geistesabwesend ins Leere während es metallisch aus ihren Kopfhörern scheppert.

Können sie mir dieses Geldstück eintauschen? Der Hilflose spricht mich an.
"Leider nicht. Ich habe eine Monatskarte und daher nie Kleingeld bei mir."
Einige Stunden später fahre ich zurück. Die Bahn ist fast leer. Sechs Kontrolleure steigen zu. In diesem Waggon haben sie keinen Erfolg.
Alles nur ABO-Fahrer.
.

## 50 plus

Das mit dem Älter werden ist schwierig. Bisher kümmerte es mich nicht so sehr. Weil ich aber schon etwas älter geworden bin, fange ich an darüber nachzudenken.
Die letzten Jahre im Berufsleben war ich 50plus. Sogar ein Radiosender kümmerte sich um mich. Er begleitet mich bis heute. Damals noch "Dampfradio" kann ich ihn heute über W-Lan oder DAB+ hören..

Das Leben kennt keinen Stillstand. Ich wurde älter. Jetzt wurde ich "Grauer Panther". Nicht politisch - das sind die Anderen. Das merkte auch die Industrie und nannte mich Silversurfer.
Zu Deutsch: Silversurfer = silberner Wellenreiter = Senioren Netzsurfer. Jetzt gab es Lehrgänge für mich in denen Halbgebildete mit verballhorntem Englisch den 50plus-Menschen die Handhabung einer Maus erklärten. Kindgerecht - versteht sich.
Jetzt hat es mich auch noch bei den Verkehrsbetrieben erwischt. Dort heiße ich 65+. Dafür kann ich in meinem Bundesland mit fast allen Verkehrsmitteln preiswert verkehren. Hatte ich vorher nichts mit dem öffentlichen Verkehr am Hut, weil ich Autobesitzer war, so finde ich den Akt heute als solchen, gut.
Ich werde in Zukunft weiter beobachtet und entsprechend meinem Lebensalter mit immer neuen Bezeichnungen tituliert, damit ich in eine Kategorie der Verkaufsstrategen passe.
Begriffe wie "Alter Knacker" sind nicht auf mich gemünzt. Das war früher einmal. Da knackte es in den Knochen der Älteren. Bei mir knackt es höchstens, wenn ich mich auf das Eis begebe. Früher ein Spargel-Tarzan bin ich heute ein Senior mit Gewicht. Aha, auch noch eine Bezeichnung für mich. Früher war ein Senior der Papa vom Junior.

Wie A. Müller sen. Ich habe aber nur weibliche Kinder gezeugt. Wie kann ich nun Senior werden? Berechtigt schon das Alter zu diesem würdevollen Titel?
Ich selbst bezeichne mich als Rentner. Klingt nach Sozialfürsorge, sichert aber meinen Lebensunterhalt.
In einem Nachbarland haben sie Rentiers (Plural). Geschrieben: Rentier. Man sieht das blöd aus wie das hier so steht. Wenn ich es beim Sprechen etwas falsch betone, gucken mir doch alle auf den Kopf. ·

**Alle Jahre wieder**

Ich bin Unternehmer, ich bin sparsam, ich verdiene mehr Geld, als ich verdiene. Da bleibt mir doch nichts anderes als mein Geld zu sparen.

Sparen?
Das ist Kleinkram, kleinkariert - einfach Peanuts. Ich spare schon lange nicht mehr. Sollen doch die sparen, die wenig Geld haben. Ich verlagere mein Geld. Ich investiere und kassiere. Dann verlagere ich wieder. Bitte verwechselt "verlagern" nicht mit "verschieben". Verschieber, kurz Schieber, sind Kriminelle. In dieser Branche gibt es Unterschiede. Großschieber kommen entweder nie vor Gericht oder wenn, dann bekommen sie "Bewährung". Wie bewährt sich ein Großschieber? Soll er sich qualifizieren? Sein Wissen vermitteln? Andere qualifizieren?

Ein kleiner Schieber wird auch verurteilt, falls er vor Gericht kommt. Sein Urteil ist selten eine Bewährungsstrafe. Er fährt ein, wie man im Jargon sagt.
Jetzt habe ich wieder etwas Geld verlagert. Diese und jene Million oder einige Millionen mehr? Spielt das noch eine Rolle, wenn ich von mir behaupte, dass ich Geld habe?

Und nun ist wieder Weihnachtszeit.
Weihnachtszeit ist Spendenzeit. Tausende Spendenorganisationen betteln jetzt um Geld. Sie brauchen es für die Bedürftigen. Die mit dem Porsche und die in der Hütte. Falls sie keine Hütte haben, gehen sie leer aus. Meistens.

Jetzt kommt meine Stunde!
Ich gehe zu einer Gala. Spendengala natürlich. Hier präsentieren sich alle, die auch Geld haben. Auf der Bühne strampeln sich auch Leute ab, die Geld haben. So befinde ich mich in guter Gesellschaft. Ich mag es nicht, wenn neben mir einer die Gänsekeule mit den Fingern zum Mund führt. Der sollte wissen, dass meine Gänsekeule bereits entbeint ist. Knochenfrei!

Ich lache, feiere und zeige mich gut gelaunt den Medien.
Ganz zum Schluss nehme ich noch den Gewinn aus der Tombola entgegen. Mist. Dieses Mal hat es mich erwischt.
"Ein Jahr kostenlos in jedem Luxushotel ihrer Wahl", rief der Losverkäufer. Was soll ich mit diesem Gewinn? Dort wo die Luxushotels stehen, habe ich doch schon lange meine Zweit- und Dritt- und sonstigen Wohnungen.
Ganz zum Schluss kommt so eine süße Biene, oder war es ein Häschen? Weiß ich nicht mehr. Ich hätte beim Champagner bleiben sollen und kein Bier zwischendurch trinken.
Ich habe dem Häschen/Bienchen meinen jährlichen Scheck überreicht. Sie dankte artig.
"Wenn du wüsstest!"

Da habe ich nun für einen guten Zweck gespendet. Überall tuten die Medien meinen Namen heraus. Das bringt Geld in meine Kasse. Besser kann man seine Geschäfte nicht machen. Rechne ich noch die Steuerersparnis dazu, kann ich wieder eine gute Summe verlagern. Das spart dann auch wieder Steuern.
Ich fühle mich jetzt besser. "Ein guter Mensch", werden die Leute sagen.
.

## Alles Gute kommt von oben?

Wer diesen saublöden Satz in die Welt setzte, hat noch nie eine Kastanie oder Eichel auf den Kopf bekommen. Das dann auch noch, wenn man mit seinem Schmusi innig umschlungen und Treueschwüre murmelnd am kleinen See, den Waldweg entlang geht. Natürlich auf der Suche nach einer kleinen versteckten Bank, die nur wir kennen und sonst niemand auf dieser bevölkerten Welt.

Oder kommt dieser Satz auch wieder von den Klosterbrüdern, die Bibelverse schreibend immer an die Decke des Schreibsaales sahen und die Verse murmelten, ehe sie sie auf Pergament malten? Aber was war da oben, das ihnen eingab, dass genau diese Verse die richtigen waren um für Jahrhunderte die liebe Christenheit und alle anderen Heiden in eine düstere Zeit zu befördern, die voller Leiden und Krieg waren?

Es kann natürlich sein, das es der Stoßseufzer eines Migranten war, der erfreut feststellte, dass der Gemüsehändler seines Stammes jetzt endlich die vertrauten Früchte seines ehemaligen Heimatlandes in Kisten und Körben anbot. Jetzt konnte er unsere Nächstenliebe und Geldgaben in wichtige Zutaten umsetzen, damit seine weiblichen Haushaltsmitglieder Schmackhaftes auf den Tisch bringen konnten. Nichts tut so gut in der Fremde, wie heimatliche Kost, die er vorher nie kaufen konnte, weil etwas an ihm nagte.

Es war der Hunger. Und Hunger macht unzufrieden mit den herrschenden Verhältnissen. Also ging er in ein fremdes Land um Vertrautes auf den Tisch zu bekommen. Jetzt flogen ihm alle Genüsse regelrecht zu. Das Nagen war verschwunden. Wenn er jetzt nagte, war es ein Rest Hühnchen- oder Hammelfleisch. Er kannte Hunger und warf nichts weg.

"Alles Gute kommt von oben" dachte er noch, bevor er sein Verdauungsschläfchen hielt. Im Traum wuchs ihm das Geld für weitere Genüsse regelrecht in die Hände. Das Geheul der riesigen Flugzeuge über seinem Kopf war Begleitmusik für seine Mittagsruhe. Er erkannte dieses Geräusch. Es brachte ihm neue Genüsse aus der fernen Heimat.

"Alles Gute kommt von oben" stöhnte der Bauer, der sich wieder der Erde zuneigte und den Acker seines Patrons bearbeitete. Er hatte wieder Arbeit gefunden. Es war nicht sein erlernter Beruf, aber er konnte seine Familie ernähren. Sein früherer Beruf war

Fischer. Das hatte er vom Vater erlernt und der vom Großvater. Fast alle in seinem ehemaligen Dorf waren Fischer gewesen. Damit war es jetzt leider vorbei. Eine große Baufirma hatte sein Heimatdorf abgerissen. Auch noch gleich das Nachbardorf, aus dem seine Frau stammte. Jetzt stehen dort auf diesen Flächen, riesige mehrstöckige Hotels mit Pools und Golfplätzen. Immer, wenn jetzt ein riesiges Flugzeug über seinen Arbeitsplatz im Tiefflug überquerte duckte er sich tiefer und hielt sich die Ohren zu. Er musste es aushalten, was kaum auszuhalten war.

"Alles Gute kommt von oben" beeilten sich die Chefs zu sagen und scheuchten ihre Servicekräfte auf. Ein Ferienflieger war wieder gelandet. Zweihundert gestresste Urlauber aus der Ferne waren gelandet und stressten jetzt den Service. Der musste nicht so weit reisen. Statt zwei- oder dreitausend Kilometer war der Service nur siebzig bis einhundert Kilometer gefahren. Aber nur deshalb, weil ihr Dorf nicht mehr existierte. "Dorf oder Arbeit" hatten sie damals zu entscheiden.
Die Gelandeten blickten gen Himmel: "Alles Gute kommt von oben!" rief jemand seiner Familie zu, ehe er seine verpackte Wohnungseinrichtung dem Service übergab. Dort oben strahlte die Sonne, was dazu führte, dass es jetzt zusätzlich zweihundert strahlende Gesichter am Urlaubsort gab.
Alle dreißig Minuten donnerte so ein Vogel auf die Landepiste - alle dreißig Minuten lärmte wieder eine Alu-Dose gen Himmel. Lärm ohne Ende. In den Hotels an der Küste hörte man das fast gar nicht. Dort genoss man die Stille des Strandes. Stille? Ja! Eigene Kinder erzeugen schließlich keinen Lärm. Höchstens zeigen sie mal Lebensfreude.

Mit viel Lärm geht es nach sieben oder vierzehn Tagen wieder nachhause. Endlich wieder daheim. Im eigenem Garten. Endlich kein Gekreische der Kinder am Strand. Warum können die ihre Kinder nicht besser erziehen? Im Urlaub und Krach? Niemals. Nein!

Plötzlich wird die Ruhe auf der Terrasse gestört. Es kriecht durch das Radio, es starrt aus der Zeitung entgegen und es steht am Himmel geschrieben: Fluglärm?
Nein Danke!
Das hatte aber nur ein Kleinflugzeug in den Himmel geschrieben.

Das schreckt auf. "Alles Gute kommt von oben"?

Nein, nein und abermals nein! Da hat man sich ein Haus, einen Garten, etwas seitlich vom täglichen Lärm angeschafft. Es hat viel gekostet. So mancher Urlaub wurde dadurch ausgelassen und nun liegt man im Grünen unter einer Luftstraße. Unvorstellbar. Statt uns zu überrollen werden sie uns überfliegen! Das muss anders werden.
Sie protestieren. Bilden Gruppen, Versammlungen, werden Unterschriftensammler. Sie lassen keine Art von Protest aus. Um diese Tortur durchzustehen ernähren sie sich bewusst mit hochwertigen Lebensmitteln, Obst und Gemüse. Gerade eben fliegt wieder so ein Obstbomber über ihre Köpfe. Obst aus Afrika, Gemüse aus der Wüste, Salz vom Himalaja und Gletscherwasser von Grönland. Gesund bleiben, solange man es sich leisten kann. Wenn nur der Lärm nicht wäre.

"Nächstes Jahr fliegen wir aber lieber einige Stunden weiter" wird beschlossen. Dort soll es noch ruhiger sein. Und so ursprünglich. Es soll dort sogar noch etwas Wald geben. Das hilft gegen Lärm und Stress. Hinfliegen, wo noch Stille ist.
Kommt bald die Zeit, dass alle Menschen im Flugzeug sitzen um den Lärm in ihren Ort zu entgehen?

"Alles Gute kommt von oben?"
Wer dort oben steuert das eigentlich? Ein Außerirdischer? Ein Überirdischer?
Ich denke mir, dass "Der dort oben" nach unten blickt und nicht weiß, was er noch tun könnte. Er hat doch alles getan, was möglich war. Er schickte Wetter, Unwetter, Sauwetter, Sonne und Sand. Und was macht der Mensch daraus? Er nennt es Klimakatastrophe und flieht in Gegenden wo man so etwas nicht hat. Schnell in die Arktis, Antarktis, Tiefsee, Südsee. So schnell es geht. Mit dem Flugzeug natürlich. Dort oben hört man den Fluglärm nicht so laut.

.

## Alles uniform?

Ist heute noch jemand ohne Uniform?
Es sind nur noch Wenige, die heute keine Uniform tragen.
Jeder Klub, jeder Sportverein, jedes Restaurant, sogar jede Imbissbude hat jetzt Uniformierte.

Ohne hier in der Geschichte der Uniform zu kramen stelle ich fest, dass heute nichts mehr ohne Uniform geht. Selbst Firmen uniformieren ihre Mitarbeiter. Beim Dienstleister ist es der einheitliche Arbeitsanzug Kennzeichen und Arbeitsschutzkleidung. In der Bank oder Firmen mit Kundenbesuch ist es eine "vorschriftsmäßige" Kleidung.

Bin ich in der Zeit der Mittagspause im Banken- und Geschäftsviertel einer Stadt unterwegs strömen gut gekleidete und perfekt einheitlich kolorierte Menschen in die Schnellrestaurants.
Sie sehen sich zum Verwechseln ähnlich. Kleidung, Schminke, Lächeln perfekt gedrillt. Ich kann sie nur an den Essgewohnheiten unterscheiden. Mit vollem Mund sprechen oder lachen. Den Teller leer schaufeln oder das Essen bedächtig genießen - so unterscheide ich noch Charaktere.
Sonst sind sie austauschbar. Deswegen tragen heute fast alle ein Namensschild.

Das hat der Firmenchef schlau gemacht. So kann er wenigstens noch seine Mitarbeiter auseinander halten.
Ich bin auch nicht besser. Gehe ich zum Amt oder einem Dienstleister starre ich sofort auf das Namensschild. So habe ich sofort die perfekte Anrede. Zeit ist Geld. Und mein Gegenüber hat schon eine schlechte Bezahlung.
Nicht mehr so weit schweifend wie früher: "Frau Schindler, heute haben sie aber wunderschöne Ohrringe. Neu?"
Das nannte ich früher ein Einführungsgespräch. Lockerte die Atmosphäre und lenkte davon ab, dass ich Frau Schindler mit sehr ärgerlichen Dingen konfrontieren musste.
Frau Schindler lächelte jedes Mal dankbar ehe wir zum Thema kamen.

Über das Militär sage ich hier nichts. Dort dient die Uniform wohl dazu, dass Überläufer besser zu erkennen sind? Bei den heutigen Tarn-Uniformen kaum noch möglich. Außer ein Wüstenkämpfer landet im Dschungel.

Punker, Gothiks, Linke, Rechte, Schüler, Studenten, Obst und Gemüse - nur noch uniform.
.

## Als Lokal-Reporter unterwegs

Ich benötige keinen Auftrag von einer Redaktion um mich umzusehen.
Immer einen offenen Mund und einen klaren Blick und schon kann ich staunen über alles was mir begegnet.
Ich stehe nicht einfach so in der Gegend herum. Wer sich nicht bewegt erlebt auch nichts. Mütter und Väter haben uns das schon eingehämmert.

Eine gute Vorbereitung sichert auch verwertbare Ergebnisse. Genau das ist auch mein Credo gewesen, als ich gestern los ging um zu recherchieren.
Ein gutes Frühstück müsste das schaffen, dachte ich mir. Also los!

Kaffee ansetzen, Speck und Eier in die Pfanne, den Toaster anwerfen und dann erst einmal etwas anziehen.
Ich blicke auf die Uhr - fast mittags. Genau richtig. Ausgeschlafen an die Arbeit. Auch eine Grundregel.
Mein Frühstück steht auf dem Tisch. Das ist doch mal ein Anblick!

Selten gönne ich mir so viel Zeit und Genuss. Aber heute ist ein besonderer Tag. Ich werde als Lokal-Reporter unterwegs sein. Bis zum nächsten Morgen. Meine Ahnung sagt mir, dass es Stresspotenzial birgt so ein großes Vorhaben zu verwirklichen.
Ich sehe mir noch einmal meinen Frühstückstisch an. Alles abgegessen. Ein Griff in die rechte Hosentasche - Geld ist da. Linke Hosentasche - eine Dose Ölsardinen. Sonst keine weiteren Utensilien. Da kann ich unterwegs nichts liegen lassen.
Also hinaus ins pulsierende Leben.

Auf der Treppe begegnet mir die Frau Rosl. Ich bekomme immer rote Ohren, wenn sie mir über den Weg läuft. Sie merkt es wohl, sagt aber nichts. Immer freundlich.
"Na, wo soll es denn heute hin gehen? Lokal-Kenntnisse sammeln?"
Die Rosl durchschaut mich immer. Ich bin vor ihr wie ein gläserner Mensch.
Artig erwidere ich ihren freundlichen Gruß.
"Sie halten immer den Blick gesenkt, wenn sie mich sehen. Hab' ich etwas, was sie nicht mögen?"

"Nein, natürlich nicht, Frau Rosl. Sie haben alles was mein Herz begehrt" stottere ich.
Ich sah ein Glitzern in ihren Augen.
"Ich will sie nicht aufhalten Herr Arno. Egal was sie heute vorhaben - es soll ihnen Vergnügen bereiten. Wenn sie zurückkommen klingeln sie bitte noch bei mir. Ich habe etwas für sie."
Ich glaubte mein Herz hüpfte etwas.

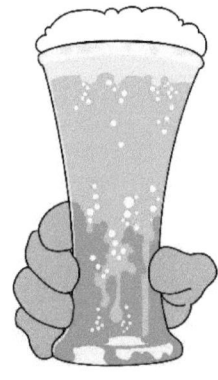

Jetzt aber los. Ich hüpfte jetzt auch, aber nur die Treppen hinunter.
Vor der Haustür blendete mich die Sonne. Es war jetzt ein "später Vormittag" wie ich zu sagen pflegte. Von St. Nikolai läutete es zweimal.
Ich lenkte meine Schritte nach rechts, überquerte die Straße und hatte mein erstes Ziel erreicht.
Mitten in einer Häuserzeile stand über einer Tür: "Zum Deutschen Kaiser".

Etwas angestaubt. Das gebe ich zu. Vor der Tür stand auch keine deutsche Eiche, sondern eine schlanke Birke.
Ich öffnete die Tür. Wie alle Kneipentüren ging auch diese Tür nach außen auf. Jetzt durchdrang ich einen dichten Nebel und kämpfte mich mit tränenden Augen in die Richtung der Theke.
Der Wirt rutschte von seinem Hocker und begann ein großes Bier zu zapfen.
"Na, du einsamer Wanderer, was führt dich in den "Kaiser"? Wolltest du deinen linken Schuh abholen?"

Jetzt stutzte ich. Ich war also schon einmal hier. Ich nickte stumm. Der Wirt schob mir das Bier hin. "Wohlsein" wünschte er noch.
"Sagen Sie mal, warum heißt ihr "Glas-Bier-Geschäft" eigentlich "Zum Deutschen Kaiser"?"
Der Wirt grinste. Nich' dass Sie denken, dass ich so alt bin. Nee da gab es hier mal einen Stammtisch. Und jedes Mal, wenn ich eine neue Lage brachte sangen sie "Wir wollen unsern alten Kaiser Wilhelm wieder ham', mit 'n Bart, mit 'n Bart, mit 'n Rauschebart".
Ja, ja, das war eine tolle Truppe. Wie sagt man? Trinkfest und arbeitsscheu?. Meist stieg noch einer von Denen auf den Tisch und grölte "Die alten Deutschen nahmen noch eins"

Jetzt geht's bergab hier. Der Letzte starb vor Monaten. Fettleber soll er gehabt haben. Als wenn auch nur ein Gramm Fett an oder in meinen Gläsern wäre. Passiert höchstens mal, wenn Lisa serviert. Sie nascht immer von den Pommes ehe sie den Teller zum Gast bringt"
Ich guckte mich um. Nicht viel los hier, konstatierte ich für mich.
"Du hast keinen Durst heute?" Der Wirt fragte beinahe mit fühlend. Ich nickte leicht.
"Durst wird durch Bier erst schön!" kennst doch den Spruch?"
Ich kannte ihn anders herum: "Bier wird durch Durst erst schön".
"Ist rum wie num" würde ein Sachse sagen.
Ich nahm meinen alten Schuh und verabschiedete mich vom Wirt.

"Der Abend ist lang" sagte ich zu mir. Aber heute war es enttäuschend. Nichts los in den Kneipen.
Im Gedächtnis habe ich nur noch die "Faule Tomate". Der Wirt war Norddeutscher und hatte den Namen schon vom Vorgänger übernommen meinte er entschuldigend. "Nix Makkaroni" ulkte er. Auf Hochdeutsch klingt das aber auch nicht belustigend.
Meine Laune sank. Dann tauchte Traudel auf. Traudel war das Faktotum der "Faulen Tomate". Sie setzte sich erst gar nicht. Wir kamen ins Gespräch.
Ich versuchte ein Interview.
"Watt 'n Reporter biste? Welche Zeitung? Ach, die lügen doch alle." Sie griff neben sich um den "Klaren" zu trinken.
"Leber, duck dich, jetzt kommt er!"
Traudel zog andere Gäste an. Wie ein Fliegenfänger. Der Laden wurde immer voller. Bald wurde die Luft zum Schneiden und der Wirt kam nicht mehr weg vom Zapfhahn.
Sie war "Die Seele vons Jeschäft". So sagt man hier. Und sie war offenherzig. Immer wenn sie sich zu mir beugte konnte ich ihre Seelen sehen. Aber sie konnte nichts dafür. Oben, an der Bluse, fehlten zwei Knöpfe.

Heute ging ich früher nach Hause. Es war nicht sehr ergiebig was ich erlebte. Wo war die alte "Kneipen-Herrlichkeit" aus meiner Kindheit?
Damals holte ich immer einen Siphon mit "Pupe", also Malzbier. Das gab es an Festtagen oder es wurde Soße daraus gemacht. Für Karpfen oder Wild.
Da saßen die Männer aus unserer Straße im Hemd und Hosenträgern und "kloppten "Skat" oder "Schafskopp" bis die Frau das

Essen fertig hatte und den Jüngsten schickte: "Papa, kommste nach Hause, det Ess'n is fertich?". Kein Zank. Alle friedlich. Ich sehe heute noch so ein Bild vor mir. Dunkle Kneipenmöbel, niemals renovieren wenn nicht der Wirt wechselt. Die Männer mit Zigarren und eine Luft zum Schneiden. Vorbei! Vergangen! Erinnerungen!

Mühsam schloss ich die Haustür auf. Mit zwei Schuhen in der Hand schlich leise die Treppe aufwärts. Voller Vorfreude klingelte ich bei Frau Rosl. Versprechen halte ich, egal in welchem Zustand ich mich befinde.
Lächelnd empfing sie mich, nahm mir die Schuhe ab und begleitete mich zum Sessel. Knickten meine Beine ein? Ich weiß nicht. Ich spürte nur sanften Druck auf meiner Schulter.

Als ich die Augen wieder öffnete war es vor dem Fenster schon hell. Ich sprang behände auf und... lag auf dem Teppich. Etwas, eine höhere Macht, hatte mich ausgeknockt.
Rosl kam mit einem Tee. Ich zog mich in den Sessel und versuchte ihn zu trinken.
Strahlend schön sah sie aus. Ein Traum ist wahr geworden. Ich saß nahe bei Rosl.
"Sagen Sie, Arno, was haben sie bis in die Nacht getrieben. Sternhagel voll und mit zwei verschiedenfarbigen Schuhen. Wenigsten sind es ein Linker und ein Rechter."
Ich erklärte umständlich, wie ich in diesen Zustand geraten war.
Rosl lachte herzhaft: "Aha, Sie haben sich als Lokal-Reporter gefühlt. Und was hat sich ergeben? Es war schon erheiternd als sie vor meiner Tür laut sangen: "Der Teufel hat den Schnaps gemacht um uns zu verderben..."
Sie müssen verstehen, dass ich auch keine Anstalten machte sie zu verführen. Wäre wohl zwecklos gewesen. Sie lachte wieder. Dabei griff sie meine Hand.
Nach Tee, Kaffee und gutem Essen kamen meine Lebensgeister wieder. Ich schnappte meine Schuhe, verabschiedete mich von Frau Rosl und tappte in meine Wohnung. Irgendwie war ich jetzt fröhlich. Mir war so leicht. Ach Frau Rosl! Ich seufzte.

Ich habe jetzt erkannt, dass Lokal-Reporter einen schweren Job tun. Kein Wunder, wenn es kaum noch welche davon gibt. Der Krankenstand wird unvertretbar hoch sein. Und Lokal-Reporter leben gefährlich. Nierenversagen, Fett- oder Schrumpfleber, Delirium und Schlimmeres. Auf Dauer kein Beruf für mich.

Kein Wunder, wenn die Zeitungen nur noch Bilder zeigen, statt Texte.
.

## Altstoffsammlung

Er geht jeden Tag diesen Weg.
Leicht auf einen Stock gestützt, weil sein Bein nicht mehr den früheren festen Tritt hat.
Wie jeden Tag genießt er die frische Luft am Morgen. Wenn nicht gerade ein Auto vor seiner Tür startet hat er das Gefühl das der Wald zu ihm gekommen ist. Sogar das Gezwitscher der Vögel ist aus einem Baum vor seinem Haus zu hören.
Genussvoll zieht er die kühle Luft ein.

Er wohnt in einem Neubauviertel. Alles ist abgezirkelt. Zufällig sind nur die Gräser, die aus den Fugen der Pflasterung des Gehweges sprießen.
Neubau?
Das sind doch keine Neubauten mehr. Er wohnt doch schon vierzig Jahre hier. Rechts und links immer noch die gleichen Nachbarn. Alles fast unverändert. Aber nur fast.
Das Lachen und das Geschrei der Kinder fehlen. Damals kreischten auch seine Kinder mittendrin in der ausgelassenen Schar. Keine Mutter ruft mehr aus dem Fenster "Kerstin, Jonas - das Essen ist fertig."
Es ist still geworden zwischen den Wohnblöcken.

Alfred vom Nebenaufgang grüßt lässig, indem er die Hand hebt. Ein kurzes Nicken zurück. Man kennt sich auch schon vierzig Jahre.
Mit wenigen Ausnahmen wohnen hier noch die aus der ersten Stunde.
Öfter sind jetzt die Wagen der Lebensrettung vor den Eingängen zu sehen. So wie die kleinen Flitzer der Altenpflege. Trifft man sich auf dem Weg zum Einkauf oder am Müllcontainer wird über die möglichen Erkrankungen gesprochen zu denen die Helfer unterwegs sind. Man kennt sich und weiß Bescheid. So ein Wohnblock ist auch nur wie ein Dorf. Meist gibt es hier auch nur die gleiche Anzahl Bewohner wie in einem Dorf.

Auffällig ist die Häufung von Ablagestellen für Sperrmüll.
Er sieht immer öfter alte Möbel vor den Hauseingängen aufgehäuft. Manches Möbelstück weckt Erinnerungen.
Auch er hatte dieses Modell einer Couch. Nur der Bezug war nicht so geblümt. Das mag er nämlich nicht. Seine Couch war einfarbig. Sie war damals schwer zu bekommen.

Lange ging er mit seiner Hanni am Schaufenster des Möbelhauses vorbei. Und lange haben sie gespart, bis sie sich diese Couch kaufen konnten. "Nur auf Bestellung" meinte der Verkäufer".
"Und wie lange ist die Lieferzeit?"
"Kommt darauf an."
"Worauf kommt es an?"
"Ob sie eine Anzahlung leisten wollen."
Hanni guckte streng.
"Dann haben sie die Couch in zirka vier bis sechs Monaten."
"Zu lange!" Hanni wurde ungeduldig.
"Tja. Der Hersteller kommt nicht hinterher. Zu viele Neubauten im Moment. Sie sind ja nicht die Einzigen hier. Aber wir haben bald Dekorationswechsel. Vielleicht könnte ich ihnen die Couch reservieren."
"Das wäre möglich?"
"Eigentlich schon."
"Was ist eigentlich? Sie müssen doch wissen ob das geht."
"Na, ja. Wir dürfen keine Privatgespräche von unseren Diensttelefonen führen. Der Chef schimpft dann jedes Mal."
"Aber sie können mich doch Privat anrufen?"
"Ja, das ginge. Aber sie wissen wie das so ist. Rufe ich jeden Kunden an bin ich bald mein Gehalt los."
"Aber es sind doch nur zwanzig Pfennige."
"Zwanzig hier, zwanzig da. Es läppert sich."
Ich verstehe. Jetzt übernahm er wieder das Gespräch, während er seiner Hanni einen kurzen Blick zuwarf.
"Ich habe leider kein Kleingeld. Aber der Schein hier macht es ja auch."
Er nahm, unter den wütenden Blicken seiner Hanni, einen Fünfzig-Mark-Schein vom Spargeld und reichte ihn dem Verkäufer.
"Ich kann aber nicht wechseln. Und dann brauche ich aber noch ihre Telefonnummer".
Der Verkäufer buckelte fast.
"Privat habe ich kein Telefon. So wichtig war ich noch nicht. Aber ich gebe ihnen die Nummer von meiner Arbeitsstelle."
Er nannte noch seinen Namen und verabschiedete sich per Handschlag vom Verkäufer. Beide lächelten sie sich an. Man verstand sich.
Nur seine Hanni sprach an diesem Tag sehr wenig mit ihm.
Nach zwei Tagen kam der Anruf vom Möbelhaus.
"Sie haben Glück. Ich habe mir die letzte Inventurliste zur Brust genommen und, siehe da. Da musste noch ein Exemplar im Außenlager sein. Also ich nichts wie hin. Und nun stellen sie sich

vor, welches Glück sie haben. Sogar in ihrer gewünschten Farbe steht dort ihre Couch. Sie sind ein echter Glückspilz. Benötigen sie auch noch zwei passende Sessel?"
Er stimmte hocherfreut auch noch den Sesseln zu. Woher das Geld dazu herkam wusste er in diesem Augenblick noch nicht.

Hanni hatte damals schnell wieder Ruhe gegeben, als sie den Besuchern das Goldstück samt Sesseln vorführen konnte.
"Und so schnell!" wunderten die sich. Ihr habt wirklich Glück.

Er ging jetzt dicht an der abgelegten Couch vorbei. Dabei strich er mit der Hand über die Rückenlehne. Gleich würde die Stadtentsorgung kommen und sie abholen.
Ein kurzer Knacks in der Hydraulikpresse und das Leben der Couch ist beendet.
Vierzig Jahre dauerte ihr Leben.
Er selbst war schon Jahrzehnte älter. War er auch schon Altstoff? Oder blieben ihm noch viele Jahre mit seiner Hanni auf ihrer neuen Couch?
Neu? Sie war ebenso wenig neu wie diese Häuser hier. Auch diese Couch zählte schon Jahre. Neu war nur die Zeit.
Jeden Tag neu.
Er sog noch einmal die frische Luft durch die Nase und begann seinen morgendlichen Spaziergang.
.

**An der Kasse im Supermarkt**

Bin ich auch im Supermarkt anonym?
Mit einem riesigen fahrbaren Korb an den Regalen entlang sammle ich die Dinge zum Überleben ein. Zum Schluss noch einmal auf den Einkaufszettel geschaut ob nicht etwas vergessen wurde und ab in die Schlange an der Kasse.
Die Kassiererin/ der Kassierer schubst die Waren meines Vordermanns ein Stück weiter, weil der noch mit seiner Kreditkarte oder mit dem Wechselgeld herum fingert.

Dann bin ich dran. Fleißig hatte ich bereits alle meine Waren auf das Band gelegt, rücke nun auf Kassenhöhe vor und höre von einem gesenkten Kopf ein "Hallo".
Meint die Stimme mich? Vorsichtshalber entgegne ich mit "Guten Tag".
Piep, piep, piep... Stück für Stück geht mein Einkauf über den Scanner. Ein kurzer Schubs und alles reiht sich neben der Kasse auf. Das Band hinter den Scanner läuft in dieser Zeit leer, wenn es nicht gerade defekt ist.
Nun gehe ich ja nicht allein zum Einkaufen. So etwas soll ja auch ein familiäres Erlebnis sein und der Nachwuchs soll auch lernen wie viel Spaß Einkaufen macht. So steht am unteren Ende des Bandes immer mein "Packer" und wartet.

Die Ware steht aber immer noch neben der Kasse bis ich bezahlt habe. Erst wenn ich ihr den berühmten "Schubs" verpasse kommt er mittels Band beim Packer an. Das dauert zwar alles etwas länger, aber die Person an der Kasse ist zu beschäftigt um es zu bemerken.
Einmal habe ich den "Schubs" vergessen - prompt hatte mein Nachfolger in der Kassenschlange Probleme seine Waren vor meinem Zugriff zu sichern.

Bitte beachte:
Ich habe mich nicht über die Person an der Kasse beschwert. Wenn sie ihren Kopf nicht heben kann um den Kunden zu sehen, der gerade ihren Arbeitsplatz sichern hilft. Sie kann nichts dafür. Niemand kann den Kopf heben, wenn einem der Chef im Nacken sitzt.

Diese Person kann meiner Ware auch keinen Schubs verpassen. Für diesen Handgriff wurde sie nicht ausgebildet.

"Hallo" ist international üblich. Damit ist niemand persönlich gemeint. Deshalb geht das auch mit tief gesenktem Kopf. Peinlich nur, wenn ich es auf der Straße verwende. Beim Ruf "Hallo" drehen sich immer viele Leute um.

,

## Antrag auf Anpassung

*"Antrag auf den Erlass oder die Anpassung meiner Gebühren für Rundfunk und Fernsehen"*

Sehr geehrte Damen und Herren
Ich habe mit großem Bedauern ihre abschlägige Antwort auf meinen Antrag zur Erlassung meiner Rundfunk- und Fernsehgebühren gelesen.
Die mir vom Arzt bescheinigte schwere Beschädigung von 90% reicht also nicht aus, mir die Rundfunk- und Fernsehgebühren zu erlassen?

Hiermit sende ich Ihnen die wichtigsten Gründe, die für einen Gebührenerlass ausschlaggebend sind.
Ich bitte sie hiermit noch einmal, Ihre Entscheidung zu überdenken und führe deshalb hier im Einzelnen aus, warum ich niemals in den vollen Genuss Ihres hervorragen Programms kommen kann.

1. Ich bin 90% schwerbeschädigt, wie Sie beigefügter Kopie meiner Bescheinigung vom Versorgungsamt entnehmen können.

2. Eine rheumatische Erkrankung macht es mir immer schwerer die Fernbedienungen meiner Rundfunk- und Fernsehgeräte zu bedienen. Immer wieder passiert es, dass ich meine zwei Bezahl-Sender nicht sehen kann, weil mich auf den winzigen Tasten der Fernbedienungen ein Krampf ereilt. Eine neue Senderwahl ist mir deshalb kaum noch möglich.

3. Meine Diabetes II-Erkrankung, setzt immer voraus, dass ich meinen Insulinspiegel ständig normal halte. Das kann ich aber nicht, wenn Ihre Sender keine Pausen haben, in denen ich mich mit energiereichen Nahrungsmitteln versorgen kann.

4. Meine Nierenfunktion ist durch eine Nierenzyste besorgniserregend geschädigt. Hier verweise ich auf Punkt 3 meiner Ausführungen.

5. Meine letzte augenärztliche Untersuchung ergab ein altersbedingtes Nachlassen der Sehschärfe. Davon betroffen ist besonders das rechte Auge. Ihre 3D-Sendungen im Fernsehprogramm kann ich deshalb nicht in vollem Umfang genießen. Besser gesagt: Es tritt ein Informationsverlust ein.

6. Der Kauf eines Fernsehgerätes mit einer größeren sichtbaren Bilddiagonale war ein Reinfall. Ich sehe nicht mehr als vorher. Aber das Programm ist jetzt flacher. Soll nicht am Fernseher liegen sagte mir der Verkäufer.

7. Mit zunehmendem Alter nimmt auch mein Hörverlust zu. Mein Hausarzt ist darauf gestoßen, weil er eine polizeiliche Anfrage bekam, wie er die Einnahme von Viagra für mich dosiert hat. Ich hatte immer die gesamte Packung Viagra genommen, wenn ich die Apotheke verließ. Ich sollte seine Hinweise zur Anwendung überhört haben, meinte die Polizei. Daraufhin stellte mir mein Arzt einen Schein aus, der nun noch vom Vertrauensarzt bestätigt werden muss. Böswillige Mitmenschen titulierten das als "Jagdschein", als ich davon erzählte. Dabei kann ich keinem Tierchen ein Leid antun.

8. Ich weise deshalb hier noch einmal ausdrücklich darauf hin: egal, was die Ärzte feststellen werden - ich habe nichts im Kopf!

9. Ich habe durch intensive Weiterbildung erfahren, dass Ihr Fernsehprogramm aus zwei Halbbildern besteht. Was soll ich mit halben Bildern? Ist deswegen Ihr Programm so gestaltet, dass ich auch ein zweites Programm bezahlen darf? Sorgen Sie bitte für ganze Bilder bei Ihren Sendungen.

10. Bei den Rundfunkgebühren sieht es ähnlich aus. Mein Hörvermögen lässt mich Töne über 16.000 Herz nicht mehr hören, meint mein Arzt für HNO. Sie senden doch mit über 20.000 Herz? Warum soll ich nun für die Differenz von 4.000 Herz bezahlen?

11. Die Programmgestaltung ist nicht meinen Sprachkenntnissen angepasst. Ich verstehe daher den Gesang der meisten Interpreten überhaupt nicht.

Ich fasse mein Anliegen noch einmal zusammen:
Ich erwarte eine totale Gebührenbefreiung. Sollte Ihnen das nicht möglich sein, so wäre ich mit einer jährlich-schrittweisen Anpassung der Gebühren an mein sinkendes Hör- und Sehvermögen einverstanden (vorbehaltlich einer plötzlichen Blindheit, eines Hörsturzes und meiner geistigen Verfassung).

Zum Ende meiner Ausführungen: Ich bin nicht gewillt Werbepausen zu bezahlen. Das hat bereits die werbende Firma getan. Hier bezahle ich die gesendete Werbung bereits mit dem gekauften Produkt. Also bitte keine Doppelbelastungen.

Bei dieser korrekten Art der Berechnung wird natürlich zunehmend ein Guthaben für mich entstehen. Bitte überweisen sie diese Beträge monatlich auf mein Konto.

Mit freundlichen Grüßen
.

## ANZEIGE

> Nichts muss der neue, aufstrebende Politiker/Industrielle mehr selbst tun. Sehen wir vom Reden ab, ist alles andere die Aufgabe der regen Geister hinter ihm. Jetzt hat die Modeindustrie das erkannt.
> Mit dem Modell "Leftplayer" steigt jetzt eine junge Designerfirma ein um die Klientel der "Nichtssager" und "Immerredner" mit der richtigen Oberbekleidung zu versehen.
>
> "Der fein Gestreifte" wird jetzt angeboten
> Der linke Ärmel steckt bereits in der Hosentasche. Auf Nachfragen betreffs der Gleichstellung von aufstrebenden Frauen kam per Mail die Antwort, dass daran bisher noch nicht gedacht wurde was die Frau mit der linken Hand in der Hosentasche macht, aber man wird den Trend aufmerksam verfolgen. Als Ausweichmöglichkeit kann die interessierte Frau Herrenhosen tragen, wie es bereits bei den Jeans eingebürgert ist.
>
> Das ist wirklich innovativ. Männer hätten nun die linke Hand für andere Dinge frei.

Gratulation
.

## Aufgeblasen und ausgehöhlt?

Vor vielen, vielen Jahren... noch im vorigem Jahrtausend war das Geld knapp. Jedenfalls bei uns zu hause. Alle Lebensmittel wurden geteilt. Als wir nur noch 4 Personen im Haushalt waren (alle anderen hatten schon eine eigene Unterkunft gefunden.) teilte Mutter auch das Brot ehrlich. Einmal quer, einmal längs. "Das muss aber bis morgen früh reichen!". Bitte glaubt's - jeden Tag das gleiche Ritual. Es reichte nie. Jeden Tag ging ich in die Speisekammer und verkürzte heimlich das Brot der Anderen, weil meines schon alle war. Abends bekam ich immer meine drei Maulschellen. Immer das gleiche Ritual. Niemand fragte ob ich nicht bereits schon eine Maulschelle von der älteren Schwester weg hatte.

Manchmal schien mir die Sonne. Ich durfte zum Bäcker. "Hol' mal 4 Schrippen!" (Brötchen, Semmel, Wecken o.ä.). Ich schnappte mir die 20 Pfennig und sauste los. Die Bäckerfrau ließ mich erst eine Weile stehen bis sie mich fragte, was ich denn wolle. Erst war Frau Doktor und Frau Reichsbahnrat dran. Mich kannte sie nicht. Wie auch? Bei unserer knappen Kasse? Und der langen Liste in ihrem "Anschreibebuch".
Ich bekam aber doch noch alles. Es duftete aus der Tüte. Ewig dauerte dieser Weg. Zwei Querstraßen bis nach Hause. Ich litt. Von den Geschwistern lernt man viel. Ich war ja der Jüngste, also lernte ich mehr als andere.

Meine Schwester hatte mir gezeigt wie man ein Weißbrot mit dem Finger aushöhlt. Drei Haustüren noch. Ich hielt nicht durch. Ich polkte eine Schrippe auf und aß den weichen Inhalt. Meine Mutter hatte wohl einen Schwächeanfall. Ich bekam keine Schelle. Aber ich durfte ohne Essen ins Bett.

Wie schon gesagt, das war im vorigen Jahrtausend. Heute würde kein Kind mehr ohne Essen ins Bett gehen. Das ist doch völlig unpädagogisch. Mein Bericht soll hier auch nicht als Beispiel dienen. Wenn heute mein Urenkel fragt: "Eh du, warum ist in dem Brötchen hier so ein Riesenloch" schweige ich. Ich äußere keine unbewiesenen Behauptungen über Backwarenmanagerinnen.

PS: Sagt ein eiskalter Brötchenrohling zum Nachbarn: "Wehe Du bläst Dich heute so auf!"
.

**Werde ich ausgebürgert?**

45 Jahre Arbeitsleben. Das ist keine Angabe. Millionen von uns haben so lange gearbeitet. Ich habe jetzt nur das eine wichtige Ziel: Meine Hobbys bei guter Gesundheit noch recht lange pflegen. Und mich an der Natur erfreuen.
Zeit! Ist sie unendlich? Wie viel bekomme ich noch davon?
Mein Tag ist mit kleinen Aufgaben eingeteilt. Ich will sie hier nicht alle erzählen. Aber eine kleine Aufgabe ist mir am liebsten: Meinen Einkaufszettel abarbeiten, damit es jeden Tag etwas Schmackhaftes zum Essen gibt.

Mein Weg zum Supermarkt geht entlang eines kleinen Waldes auf der einen Seite, einer Häuserreihe auf der anderen Seite. Vogelgezwitscher. Im Gestrüpp raschelt es. Jeden Tag kommen mir die gleichen Hunde entgegen. Kein Hund folgt den Wünschen und Befehlen des Frauchens oder Herrchen. Hier wird mir vorgeführt, wer wirklich das Sagen hat. Ich habe wohl täglich, auf meinem Weg zum Supermarkt, ein Dauergrinsen im Gesicht.

Meinen Einkaufswagen erreiche ich, wenn ich mich an laut bellenden, quietschenden und jaulenden Hunden vorbei manövriere.
Ich bin wohl nicht ihr Typ. Aber das ignoriere ich einfach. Gemüseabteilung, Kühlregale, Fleischtheke. Ich weiß wo ich alles finde. Heute stand nicht viel auf meinem Einkaufszettel. Milch, Zucker, Vanillezucker und anderer Krimskrams. Also auf zum Regal für Lebensmittel. Zweite Reihe links. Frau Nachbarin kam mir entgegen und grüßte mich grinsend. Macht sie sonst nie. Sie ist immer so ernst. Da möchte man immer fragen ob es ihr gut geht.

Halt! Vanillezucker lese ich gerade auf meinem Zettel. Hier ist es. Regalmitte, zweites Fach von unten. Ha? Ein Wellensittich guckt mich an. Hm. Also höher ins Regal geschaut: ein winziger Hund bleckt mir die Zunge raus.
Ich gehe weiter am Regal entlang. Kleine Hunde, große Hunde, Wellensittiche, Katzen in allen Fellfarben. Fünf Fächer hoch, 15 Meter lang. Ich bin irritiert. Habe ich den Verkauf "Meines" Lebensmittelmarktes an einen Futtermittelhersteller verpasst?
Ab in den nächsten Gang. Endlich! Lebensmittel. Meine Augen glänzen. Ein 15 Meter langes Regal mit 5 Fächern voller Lebensmittel Und natürlich Vanillezucker. Ich schiebe meinen Wagen Richtung Kasse.

"Hallo" sagt die Kassiererin freundlich. Ich stutze. Gestern sagte sie noch "Guten Morgen". "Guten Morgen" entgegnete ich. Piep, piep, piep. Mein Einkauf ist erledigt.
Zurück nach Hause. Die Vorfreude auf meine Süßspeise malte mir wohl ein Lächeln ins Gesicht. Jedenfalls lächelten mir alle vorbeikommenden Hundebesitzer zu.

So wie heute läuft es fast immer ab, wenn ich mich morgens auf den Weg mache. Aber schleichend, fast unbemerkt läuft in meinem Supermarkt eine Verwandlung ab. Die Hunde vor der Ladentür haben jetzt den Vorraum okkupiert. Gut, sie sind angeleint. Jedenfalls denken sich das die Hundehalter, wenn sie die Hundeleine über den Kindereinkaufswagen werfen. Und ich habe gelernt.

Reihe zwei meide ich. Ich habe vielleicht einen Vogel (meint meine Sippe jedenfalls), aber kein Haustier. In Reihe drei, ganz unten, liegen jetzt die Säcke mit Trockenfutter und die Katzenstreu. Ich finde aber noch immer was ich brauche. Die Marmelade zeigt jetzt einige Gläser weniger (ich brauche auch immer nur eins). Zucker, Mehl auf 50 cm Breite reicht mir auch. Wer braucht denn fünf Sorten Mehl?

Schön sind auch die Katzenbäume anzusehen. Blau mag ich.
Neulich kamen 14 neue Kühltruhen. Misstrauisch machte ich meinen Rundgang und guckte in jede Truhe. Torten, Kuchen, Pizzen, Puten, Gänse, Hühner und noch mancher Kleinkram. Ich atmete tief durch. Alle meine Tiere, die ich gerne esse waren da. Eiskalt und steif!

Fast wäre meine Welt wieder gerade gerückt. Aber jede Woche werden meine Lieblingsregale im Markt kürzer. Und die Hunde unterwegs lecken sich immer die Lefzen und ziehen an der Leine, wenn sie an mir vorbei hecheln. Immer mehr Frauchen und Herrchen haben es aufgegeben ihren Hund zu führen.
Leinen los! Der neue Trend.
Ich grüble nun ernsthaft über meine einst so friedvoll gesehene Zukunft nach. Immer wieder bleibe ich bei der Vision hängen: Was passiert wenn die Chinesen ihre Hunde nicht mehr essen und ganz tierlieb werden? Lebe ich dann im Reich der Haustiere?
.

**Autsch!**

Der Herbst ist die Jahreszeit in der sich alles beruhigt. Ich merke es auch an mir selbst. Auch in der großen und kleinen Politik geht es ruhiger zu. Leider nicht in den Diskussionen.
So ganz leise und nur von den Betroffenen bemerkbar, überlegen sich die Berufenen und Gewählten was sie nun nach ihrem Urlaub mit dem Tag anfangen können.
Das große Nachdenken hat begonnen!

Ich stelle mir das so vor - die Befugten sitzen in ihrem Büro und gucken. Mal auf ein leeres Blatt Papier, mal aus dem Fenster. Natürlich habe sie eine gute Übersicht, sonst wären sie nicht im Amt. Aber viele Büros haben auch eine gute Aussicht. In die Natur zum Beispiel.
Etwas zu bedauern sind sie. Haben sie Bäume in Sichtweite, so sehen sie nur die Kronen. Sie möchten auch eine Krone haben, aber dazu müssen sie noch viele leere Blätter vollschreiben.
   Aber auch in diesen Höhen spielt das Leben. Nicht nur Vögel verrichten hier ihre Notdurft, nein es prangen auch bunte Blätter und Früchte in den Baumkronen.
Das alles sieht unser/unsere Berufener/Berufene. Und das Denken nimmt im Kopf immer größeren Raum ein. Das Denken mutiert förmlich zum Nachdenken.

Unten, ganz unten auf der Erde, viele Etagen nach unten, mindestens 5 Minuten mit dem Fahrstuhl abwärts, da bin ich. Und ich sehe den Stamm des Baumes von dem gerade die Krone Einfluss auf das Denken nimmt.
Ich sehe die rissige Rinde und folge mit den Augen den fallenden, bunten Blättern. Geht mein Blick höher sehe ich auch die Schönheit der Krone. Mit einem Taschentuch wische ich mir die Vogel-Notdurft ab. Meine Gedanken schweifen ab und kommen erst bei den Gedanken an bevorstehende Festtage zur Ruhe.

In Höhe der Krone füllt der Erwählte mit Buchstaben sein leeres Blatt Papier. Er beschreibt es mit Namen. Namen, die in den vergangenen zwölf Monaten zu ihm gedrungen sind. Es sind viele Namen. Er denkt wieder nach. Dann streicht er Namen durch und fügt neue an.
Es entsteht eine Liste.
Als der Tag zur Neige geht fügt er der Liste eine Überschrift hinzu: "Vorschlagliste zur Auszeichnung mit dem..." Ab hier verschweige ich diskret den Anlass.

Seine zweite Liste, sie ist eigentlich seine erste Liste, da sie als erste fertig wurde hat den Titel "Die Überprüfung des Personalbestandes zur Wettbewerbsfähigkeit des Unternehmens in der nächsten Dekade".

Wie schon erwähnt gehe ich in den Niederungen des Lebens meinen Weg weiter.
Ganz plötzlich durchzuckt mich ein Schmerz.
Autsch! Eine Eichel hat meinen Kopf getroffen. Ich reibe mir die schmerzende Stelle und blicke nach oben. Kein Verursacher? Nicht mal ein Eichhörnchen auf Winterbevorratung? . Die Eichel kam aus der Krone des Baumes. Von dort oben, wo der Denker gerade das Eichenlaub zu Kränzen flicht, die er den Menschen seiner Auszeichnungsliste auf das Haupt setzen wird.

Der geneigte Leser wird unschwer die enge Beziehung zwischen mir und dem Berufenen erkennen. Darum kann ich jetzt meinen Weg unter der Eiche fortsetzen.
.

## Bruno und sein Hausstand
(Bilettes mit Herz)

Ich traf Bruno, als ich aus dem Vorortzug stieg. Das allein war schon ein Balanceakt. Der Bahnsteig war nicht vom Schnee befreit. Schon gar nicht mit Streumitteln abgestumpft.
Vorsichtig betrete ich den Bahnsteig. Hinter mir steigt ebenfalls der Zugbegleiter aus. Kurzärmelig - wundere ich mich. Außer seinem Hand-PC steckt hinten im Gürtel ein Hammer. Der Griff mit roter Farbe, deshalb war er auch sofort zu sehen.
Langsam tapsend gehe ich dem Ausgang zu. Der Zugbegleiter ist schneller auf den Füssen und klopft mit seinem Hammer an den Türen die Eiszapfen weg, weil sich Türen nicht automatisch öffnen wollen.

Ich habe Glück. Automatisch öffnet sich die Bahnhofstür weit für mich. Keine Eiszapfen behindern das. Drinnen ist es warm.
In vergangenen Zeiten war dieser Bahnhof der Empfang für gut situierte Bürger, die es sich leisten konnten einen Kuraufenthalt zu genießen.
Ich hetze mit meinem Gepäck durch die Bahnhofshalle um den Anschlussbus zu erreichen. An der Bushaltestelle zeigt mir die Anzeigetafel höflich, dass der Bus in 58 Minuten fährt.
Minus 11 °C, nichts gestreut, eisiger Wind aus Nordost. Ich bin allein. Laut fluchen hätte niemand gehört. Ich glaube ich habe nur leise geknurrt.
Ich gehe langsam wieder zur geheizten Bahnhofshalle.

Halle? Großer Raum in L-Form wäre eine bessere Beschreibung. Die Tür zum Gastraum ist natürlich abgeschlossen. Wen wundert's. Es ist "Zwischen den Tagen". Also zwischen Weihnachten und Sylvester.
Ich stehe in der Ecke, dort wo die holzverschlagenen Fahrkartenschalter sind. Hier geht keine Fahrkarte mehr durch die Luken. Total verbrettert.
   Die blond-gelockte Verkäuferin von anno damals ist auch nicht mehr da. Jeder Fahrgast sah diese Lockenpracht. Jeder Fahrgast sagte darauf hin: "Ist das Haar echt?"
"Ick zieh' ih'n jleich an ihre Rotzbremse! kam oft das Echo. Verdutzt ging der Frager.
"Und Sie. Wieder zur Jeliebten? Heute keene Bluhm. Die steht wohl mehr uff Klunkern?"
So bekam jeder Fahrgast seinen Kommentar.

"Wo sollet denn hinjehn?" Kein Satz brachte ein so schönes Echo vor der Fahrkartenluke wie dieser. Ganze Romane erzählten hier die Reisenden zu ihren Reisezielen. Hier hatte man Zeit.

Die neue Automatengeneration kann niemals so schluchzen wie die blonde Fahrkartenverkäuferin, als sie eine Trauerformation bediente. Acht Mal nach "Xy".
"Wer iss 'n jestorb'n?" Onkel Otto hatte mit einundneunzig Jahren das Zeitliche gesegnet. Den Onkel Otto kannte sie. Im Stadtpark spielte er immer mit den Kindern. Schnitzte Kastanienkörbchen oder Boote. Schubste die Schaukeln an und trocknete Tränen.
Sie heulte unvermutet hinter ihrer Scheibe.
"Billiettes mit Herz". Das verkaufte dieser Lockenkopf.

Immer auf und ab gehend versuchte ich die Zeit zu verbringen. Plötzlich schlug die Tür zum Bahnsteig auf. Ich hatte keine Zugeinfahrt vernommen. Daher drehte ich mich sofort auf dem Absatz um.
Ein Mann kam herein. Ein "Drei-Tage-Bart". Er stellte den Besen und den Schneeschieber neben die Tür des Gastraumes. Dann lehnte er sich an die Fensterbank. Jetzt wurden meine Ausflüge in der Bahnhofshalle größer. Als ich mich dem Mann näherte grüßte er lächelnd.
  Wir sprachen über Fahrpläne, Temperaturen und den schönen Winter. Dann packte es mich doch noch. Ich wies auf einen Stapel blauer Säcke in seiner Ecke: "Ist das ihre Wohnung?"
"Ja, klar. Bin nur vorübergehend hier. Ich will zum Amt, eine Stadt weiter. Dann bekomme ich Geld."
Ich nickte verstehend.
"Bringt denn ab und zu mal einer etwas für Sie vorbei?"
"Ja, ja. Der Fleischer kam mit heißer Suppe und Würstchen. Seine Frau hatte auch noch ein Esspaket. Sie wünschten mir schöne Feiertage."

Er lächelte und brannte sich eine Zigarette an.
Gestern kam ein älteres Pärchen. Sie hatten Kartoffelsalat und Würstchen. Der Salat war schon zwei Tage alt. Sie isst Kartoffelsalat nie, meinte die Frau. Macht sie extra für ihren Alten.
"In der Stadt gibt es aber eine Suppenküche." warf ich ein.
"Ach ja, billig. Nur 5 Euro."
Wir hatten wohl Verständigungsschwierigkeiten. Ich meinte eine "Wohltätige" Suppenküche.

Einige Plaudereien gingen noch hin und her. Dann kam die Abfahrtszeit meiner Fahrgelegenheit. Wir verabschiedeten uns wie alte Bekannte.

Auf der Rückfahrt sah ich ihn wieder. Ich flitzte zum Zug, der schon eingefahren war. Mein neuer Bekannter räumte etwas den Neuschnee auf dem Bahnsteig weg.
Ob er Bruno hieß weiß ich nicht. Wir tauschten keine Namen aus. Es war nur ein Gespräch zwischen zwei Reisenden, die zufällig auf die nächste Fahrgelegenheit warteten.
.

## Briefgeheimnis

"Sie haben Post!"
Ist das nicht ein herrlicher Satz? Als die Briefe noch durch viele Hände gingen und der Briefbote noch ein Gesicht und eine Armprothese hatte, bekam ich nie Post.

Aber Mutti. Sie gab dem Postboten zum Weihnachtsfest auch immer 50 Pfennig. Frau Tietz von nebenan bekam mindestens einmal in der Woche Post. Ich nehme mal an es waren immer "Einschreiben". Denn er ging immer in ihre Wohnung zum Unterschreiben lassen.
Man, das dauerte immer ewig bis er wieder herauskam. Frau Tietz suchte bestimmt ihren Füllhalter. Einmal lauschte ich an der Wand zu ihrer Wohnung. Selbst ein Zahnbecher half nichts. Ich hörte nur das Gekicher von Frau Tietz.

Vergangen!
Später bekam ich auch Post. Wohnungsamt, Arbeitsamt, Wehrersatzamt. Jetzt brachte immer so eine kleine Hübsche die Post. Ich überlegte schon ob ich mir nicht selbst einen Brief schreibe. Immer wenn ich abends von der Arbeit kam lagen die aufgerissenen Briefe für mich auf dem Wohnzimmertisch. Grässlich sahen sie aus. Ihr wisst schon - so mit dem Daumen unter die Klappe und dann durchziehen. Ich beklagte mich jedes Mal über diese Art und Weise wie mit meiner Post umgegangen wurde. Und ob sie noch nichts von Briefgeheimnis gehört hat.
"Aber Junge, es hätte doch was Wichtiges sein können!" Typisch Mutter.
Später bekam ich Post von IHR. Schon der Geruch des Papiers. Oh war das herrlich! "Aber Junge, es hätte doch was Wichtiges sein können!" Mutter war immer noch fürsorglich.
Ich zog aus. Nun gehörte mir meine Post. Aber es kam fast nichts. Hatte wohl niemand bemerkt, dass ich umgezogen war. Mit der Neuen gab es nichts zu schreiben. Wir erledigten alles mündlich. Herrlich.

Aber die Post fehlte mir. Ich kurbelte über ein Inserat einen hübschen kleinen Briefwechsel an. Es lässt sich doch über Vieles schreiben. Briefe schreiben ist genau so schön wie Briefe erhalten. Immer wenn ich abends auf den Tisch guckte lag ein fürchterlich zerrissenes Briefkuvert da.
"Aber Mauseschwänzchen, ich dachte mir es hätte auch was Wichtiges sein können!" Ich platzte. Das mit dem Schwänzchen

ginge ja noch. Aber darüber spricht man vielleicht mit der Freundin, aber sagt man so was zum Ehemann?

Ich haute auf den Tisch und verbat mir die Verletzung meines Briefgeheimnisses. Was soll ich sagen? Es klappte! Meine Post gehörte mir. Die Briefe lagen ungeöffnet auf dem Tisch. "Willst du nicht erst deine Post lesen bevor ich das Essen auftrage?" Säuselte es hinter mir. Sie guckte mir zu wie ich die Absender las. Ich konnte ihre Anspannung nicht ertragen. Sie tat mir so leid, wenn sie so zappelte. Ich öffnete erst alle Briefe bevor ich den Ersten las. Aber bevor ich den letzten Brief gelesen hatte kamen schon die ersten Fragen zu einem, den ich noch nicht gelesen hatte. Trotzdem freute ich mich über mein energisches Eingreifen zur Wahrung des Postgeheimnisses. Ich hatte die Kontrolle. Und so etwas stärkt einen Mann.

Ach ja. Die Computer kamen. Und damit eine Flut von E-Mails. Ich hatte meine Post für mich alleine. Mir schrieben unbekannte Frauen. Zu Beispiel Lisa. So richtig besorgt war sie um mich. Ich weiß nicht wie oft sie mir eine Penisverlängerung anbot. Und erst ihr Bild! Meine Frau bekam nichts mit.
   Ich gründete einen Chat. Jetzt war ich endlich Chef. "Admin" nennt man das. Was ich zu lesen bekam kann ich hier nicht sagen. Nennt man das auch Postgeheimnis?

Nach einigen Jahren löste ich den Chat auf. Jetzt fiel meiner Frau etwas auf. "Du bekommst jetzt so wenig Mails. Auch "Angel33" schreibt nicht mehr. Da wäre ich beinah eifersüchtig geworden" lächelte sie.
Ich stutzte. Aber das konnte nicht sein, dass sie das Passwort zu meinem Postfach kannte. Schlau wie ich bin habe ich es auf die Unterseite meiner Tastatur geschrieben. Auf den Trick muss erst einmal einer kommen.
.

## Das Marshmallow-Complott

Es gab ab 1968 diesen Marshmallow-Test. Dieser Test wurde später in Abwandlungen wiederholt.
Dieser Test sollte Erkenntnisse liefern, ob Kinder in der Lage sind auf eine Belohnung zu warten.
Ob das alles so funktioniert, wie die Tests in der Auswertung ergaben, ist immer wieder strittig.

Auch ich musste diesen Marshmallow-Test überstehen. Ob ich so etwas kannte? Natürlich nicht. Es war auch nicht 1968, als dieser Test mit mir gemacht wurde, sondern bereits 1959. Zu dieser Zeit hatte der Erfinder dieses Tests gerade mal die ersten Ideen dazu erarbeitet.
Dazu kam noch, dass ich nach meinen Wohnortkoordinaten, nur mit viel finanziellen Aufwand an die obskuren Marshmallows heran kam.

1959 begannen meine intensiven Wanderjahre. Ich zog in der Großstadt von Ecke zu Ecke und von Kumpel zu Kumpel. Natürlich waren die Kumpelgespräche ungeheuer anregend, aber den Gipfel des Unsinns erreichten sie erst, wenn gleichaltrige weibliche Wesen dabei waren. Ob Mädchen oder Frauen? Damals hießen sie noch Frauleins, äh Fräuleins. Fraulein sagten die Besatzer.

Die Begleitmusik war oft ein Plattenspieler mit Batteriebetrieb. Tanz auf dem Straßenpflaster? Kein Problem! Jeder neue Tanzschritt wurde geübt. Im Vorteil waren natürlich die Fräuleins. Sie hatten mehr Übung. Mutti schickte sie in die Tanzschule.
"Mädel, du kannst doch nicht wie ein Bauerntrampel auf den Füßen deines Erwählten herumtreten!" Ich denke so war die vereinfachte Ermahnung, die die Fräuleins bekamen.
   Uns Männlein blieb da manches erspart. Hier war eher die soziale Stellung des Elternhauses ausschlaggebend und natürlich die Erfahrungen der Mütter. Hatten sie auch zerschrammte Tanzschuhe von ihren Tanzpartnern bekommen, sollten die Söhne so etwas keinem Fräulein antun.
   Von der Straße in die Tanzlokale war jetzt nur noch ein kleiner Schritt.
Klein? Nein, klein war dieser Schritt nie. An fast jedem Tanzlokal prangte nämlich ein kleines Schild: "Zutritt nur ab 21 Jahre".

Täglich auf der Suche nach anderen Möglichkeiten zog unsere Clique um jede Ecke in der Stadt. Das Ergebnis war niederschmetternd. Die beste Variante der Gebotsschilder lautete: "Für Herren ab 21 Jahren". Die Fräuleins waren nicht erwähnt.

Noch eine Hürde war zu nehmen. Der Eintrittspreis. Dieser schwankte zwischen drei Mark und 10 Mark. Dazu je ein Getränk für zwei Personen. Mann spendierte damals seiner Tanzpartnerin ein Getränk. Altmodisch? So waren die ungeschrieben Regeln. Seine Partnerin "Abfüllen" ging einfach nicht. Der Lohn oder das Stipendium reichte doch gerade für die Öffentlichen Verkehrsmittel. Also zum Tanzlokal laufen, dann das Kleingeld zählen und den Türsteher überwinden.

Der Marshmallow-Test? Der war bereits allerorten im Gange. Ich rede hier lieber vom Marshmallow-Complott. Eine andere Bezeichnung wäre nicht so zutreffend.

Ich erzähle, wie ich ihn erlebte.
Tanzschritte geübt, Kleingeld gezählt, Türsteher mit einer, an der Kasse, gekauften Eintrittskarte überwunden = drei Mark weg, aber viele freie Tische im Visier. Jetzt aber mit weit ausholenden Schritten einen passenden Tisch erwischen, denn die Konkurrenz war schon trainiert. Sehen und gesehen werden! Also stand der Tisch in Sichtweite des Eingangs. Vierer-Tische. Die Sechser-Tische waren für die Langsamen und Pärchen. Jedenfalls regelte sich das so.

Ich ging mit weitausgreifenden Schritten, die gerade noch den Anstand wahrten auf einen Tisch zu, der meinen Erwartungen entsprach. Jede Annäherung eines Konkurrenten wehrte ich mit meinen Standardsatz ab: "Ist alles besetzt!" Je später nachgefragt wurde, desto unsicherer wurde ich. Der "Zerberus" blickte immer wieder auf meine drei freien Plätze, die ich so unfair verteidigte. Zum Schluss war er kurz davor eine "Zwangseinweisung" für ein Pärchen vorzunehmen. Mein Herzschlag näherte sich gerade der obersten erlaubte Grenze - da - da kamen SIE.
  Zwei hübsche Fräuleins blickten suchend in den Saal. Nur noch ein Tisch glänzte noch mit drei leeren Plätzen. Sie steuerten meine Reservierung an und fragten höflich nach den Sitzplätzen. Natürlich bot ich sie ihnen diese sofort und ohne eigenem Vorteil an.

Ja, damals kamen die Fräuleins immer etwas "Nach der Zeit". Da war die Auswahl größer und sie mussten nicht die freien Plätze verteidigen. Das Balzverhalten war damals noch etwas anders. Sie setzten sich sehr geschickt hin. Nicht nebeneinander, also Knie an Knie, sondern sich gegenüber. Das war vorteilhaft für mich. Ich konnte so ihr Gespräch verfolgen und zu diesem oder jenem ein gescheites Wort einflechten. Die Atmosphäre war dadurch schon entspannt, ehe die Musik losdonnerte. Ja, sie war laut. Aber man konnte sich während des Tanzes noch miteinander unterhalten. Glaubt es! Das ging natürlich nur, weil es lebendige Menschen waren, die auf echten Instrumenten musizierten. Kein Lautsprecher, kein Mikrofon. Trotzdem das alles schon erfunden war.

Das Marshmallow-Complott?
Ja, aber das war es doch. Zwei Süßigkeiten! Einer musste wählen. Die Wahl musste sorgfältig sein, da sie vielleicht schon eine Vorentscheidung für ein ganzes Leben sein konnte.
Ich machte jetzt einen entscheidenden Fehler. Da ich erkannt hatte, wer sich von den beiden Süßen schneller zum Tanz auffordern ließ, ging es in der zweiten Tanzfolge auf die Fläche. Pech! Nicht zu einem Gespräch zu ermutigen. Alle Balzsprüche umsonst. Ich versuchte es mit der nächsten Tanzrunde. Da gab es immer noch keinen Funken. Diese Süßigkeit war wohl mit einem harten Kern versehen. So überließ ich dieses Marshmallow einem anderen Bewerber, der schon zweimal zu spät kam, weil ich eben näher dran war.

Der zweite Versuch. Die andere Süßigkeit an meinem Tisch. Das war aber auch eine Prüfung heute. Der Erfinder des Marshmallows-Effekts hätte seine helle Freude gehabt.
Doch ich hatte Glück. Die erste, zweite und x-te Tanzrunde. Ich tanzte mein ganzes Repertoire erlernter Tänze herunter. Selbst vor Rock 'n Roll machte ich nicht Halt. Das brachte mir eine ernste Ermahnung des Restaurantleiters ein. Nun ja, es ging letztendlich auch mit "Wange an Wange".
So hatte ich den Marshmallow-Test natürlich total verhauen. Ich zeigte mich als ungeduldig, nicht konsequent und hatte bestimmt noch andere schlechte Eigenschaften gezeigt.

Eine davon höre ich jetzt schon über 50 Jahre: "Warum hast du eigentlich meine Freundin zuerst aufgefordert. Die ist doch sowas von zickig und hat einen schlechten Männergeschmack?"

Ich muss meinem Schatzi, das mit dem Marshmallow-Test mal richtig erklären. Heute, nach so vielen Jahren, etwas Bildung nachgeholt und zu Einsichten gelangt, kann ich nur noch verwundert denken: Woher kannten die beiden Süßen eigentlich Marshmallows? Warum war ich beim zweiten Versuch auf der sicheren Seite?
Ich glaube heute fest daran, dass sie ein "Marshmallows-Complott" geschmiedet hatten.
.

## Dein Horoskop für die Woche

Für die Frau:

*Privat:*
Chillen ist angesagt. Ab mit den Kindern zu Oma und Opa. Schließlich haben die je zwei davon.
Die Kinder lernen dabei alte Spiele und alte Lebensregeln. Sie dürfen dann endlich Burger essen.
Dein Lebensabschnittspartner ist nur für dich da.
Bitte überprüfe vor dem Shoppen seinen Kontostand.
Alles Geld, das ihr für einen Urlaub mit Kindern ausgeben würdet, kommt in dieser Woche der Wellness zugute.
Sparsame Frauen, sollten sich vom Partner massieren lassen.
Theater- oder Konzertbesuche zum Ausruhen nutzen.
Wer Tschaikowski nicht mag, kann ja schlafen. Die Sessel im Konzerthaus sind meist bequem.
Am Montag ein Abkommen mit dem Lebensabschnittsbegleiter schließen:

1 Frau hat immer Recht
2 Sollte Frau nicht Recht haben, tritt 1 in Kraft.

Deine Woche wird sehr entspannt verlaufen.

*Beruf:*
Dein Chef, /Chefin wird Verständnis für deine Lage haben. Sage ohne Umschweife, wie du deine Woche verbringen möchtest. Dein Lohnausfall soll als Gratifikation ausgezahlt werden.

Worterklärung Konzert: Chillen für die Ohren. Es sind Klänge und Instrumente, die du noch nie in deinen Ohrstöpseln gehört hast. Bitte nicht das Orchester in die Ohren stecken.

**Für den Mann:**

*Privat:*
Du wirst endlich nicht mehr so viel schmutzige Unterwäsche herumliegen lassen. Wer viel im Bett liegt wechselt sie auch nicht.
Der Fernseher zeigt nur noch Fußball.
Ab 22:00 Uhr kann wahlweise auf "Softie" umgeschaltet werden.

Deine Kumpels bringen täglich deinen Kasten Bier vorbei. Sie gehen dann ungefragt auch wieder ganz leise.
Es wird also in dieser Woche kein Ärger mit den Nachbarn anliegen.
Die Telefonnummern für "Begleitung für die Nacht" (falls Frau und Geliebte Migräne haben) legst du griffbereit.
Ex-Frauen und Ex-Freundinnen sind in dieser Woche tabu. Du brauchst deine Kräfte für dich. Du bist nicht ihr Problemlöser!
Deine Kinder wohnen fatalerweise noch in deiner Wohnung? Ab mit ihnen zu Mama und Stiefvater bzw. Oma und Opa.

*Beruf:*
In dieser Woche läuft es günstig für dich. Dein/e Arbeitgeber/Innen haben endlich begriffen, dass sie auch ohne dich auskommen. Sie zahlen dein Restgehalt sofort aus. Die Dame vom Jobcenter kommt am Freitag vorbei und erkundigt sich nach deinem Geldbedarf.

*Worterklärung Softie:* Eine Sendung für den Mann, der unbedingt im Haushalt helfen will. Es werden einfache Begriffe wie Haushaltshilfe, Müllbeseitigung, schmutzige Socken wegräumen, täglich Unterwäsche wechseln und der Morgengruß für Geliebte und Ehefrau erklärt.
Ein spezielles Thema ist "Wann darf Mann weinen?". Diese Sendungen zeigen nur Cartoons. Auf Wunsch mit Untertiteln.
.

Die Kopfrechnerin

Opi, warum kannst du so gut rechnen, du bist doch schon so alt?
"Immer wenn ich dir sage, was ich mir gekauft habe, oder dir sage was ich mir zum Geburtstag wünsche, sagst du mir gleich was es kostet. Wie machst du das? Auch im Laden, an der Kasse, hast du meist das passende Geld in der Hand?"
" Kopfrechnen!"
" Wie dat?
"Na, du gehst doch zur Schule. Dort lernst du rechnen..."
"Klaro. Lernt doch jeder."
"Und ich ging auch mal zur Schule. Lange her."
"Und da haste dat jelernt?"
"Ja."
"Ick lern det ooch, kann aber nur mit 'n Handy. Manchmal dürfen wa ooch den Taschenrechner nehm."
"Nee Mädel, wir mussten in Mathe immer in den ersten 10 Minuten Kopfrechnen üben. Da gab's kein Entrinnen. Jeder kam ran."
"Äh so richtich im Kopp rechnen? Nich mal Papier oder so? Geht dat?
"Siehste doch bei mir."
"Voll krass."
"Mädel, was willste denn mal lernen?"
"Wees nich. Vielleicht studiern oder so."
"Ach soo. Dann reicht der Taschenrechner"
.

## Mein DSL-Paket kommt!

Mein Freund Ingo kam heute vorbei. Also, ich sage euch, der ist ein ganz Lieber. Immer hat er mir zugehört, wenn ich Probleme hatte. Immer hat er geholfen, wenn es in seinem Können lag. Heute muss er wohl an seine Grenzen gekommen sein, denn kurz bevor er wieder ging, meinte er nur resignierend: "Jetzt kannst du nur noch beten!"
Da war ich auch erschüttert, ihn so hilflos zu sehen. Er tat mir nur noch leid.

Was war passiert, ehe Ingo kam?
Das hatte eine wochenlange Vorgeschichte und begann mit meinem DSL-Anschluss.
Für Unkundige: Ein DSL-Anschluss ist eine kostenpflichtige Sache, die man nicht sehen kann, also glauben muss, dass man ihn hat. Spätestens an der monatlichen Rechnung deines Providers erkennst du das.
Was ein Provider ist?
Das ist eine Gruppe von Geldeinnehmern, die unsichtbar über DSL-Anschluss verbunden sind. Je mehr sie Geld einnehmen, desto mehr fühlen sie sich verbunden.

Was war es, was Ingo so ungläubig wie er war, zu einem Gebet riet?
Es war mein DSL-Anschluss. Der ist nämlich auch unsichtbar. Wie das abläuft, hatte ich eingangs erklärt.
Ingo hatte natürlich wieder viel zu erzählen. Ich war wohl etwas abgelenkt, weshalb er unmutig meinte, dass ich endlich zur Ruhe kommen solle.
Dabei war ich schon ruhig. Fast am Einschlafen. Nicht so entspannt wie üblich, aber so eine entspannte Lockerheit, also eine entkrampfte Anspannung, oder so.
Ingo weiß da die besseren Worte.

Wie ich schon sagte, Ingo störte etwas an mir. Trotzdem ich jedes seiner Worte hörte verstand ich fast nichts vom Inhalt.
Jetzt schnappte Ingo ein.
Das störte mich aber sehr. Das ist, als wenn eine Tür zugefallen ist und du den Schlüssel nicht hast. Nur gut, wenn du gerade drinnen bist.
Ingo war eingeschnappt! Ich war aber drinnen.
Jetzt kam bei mir doch so etwas wie Reue auf. Ich versuchte mich, noch gelassener zu geben. In all meinen Bemühungen traf

mich Ingos Frage wie ein Pfeil: "Warum rennst du ständig zur Wohnungstür?"
Mein Schritt stockte, aber nur kurz. Ich verstand jetzt, was Ingo so irritierte. Trotzdem ließ ich mich nicht aufhalten. Immer wieder ging ich den Weg von der Wohnungstür zum Personal Computer und umgekehrt. Unentwegt.

Ingos Redeschwall verebbte. Er sah mir nur noch kopfschüttelnd, auf meinem Weg, zu.
Jetzt machte ich kurz am PC halt und trank einen Schluck von meiner Tasse Kaffee. Natürlich war der Kaffee schon wieder kalt. Dann ging ich unentwegt wieder hin und her.
"Kannst du nicht wenigstens die Wohnungstür offenlassen, egal was du hier auch machst?"
"Leider nicht." Ich nahm wieder einen Schluck Kaffee. Dann lief ich wieder.
Plötzlich, zum Erstaunen von Ingo, setzte ich mich vor den PC und trank meine Tasse Kaffee zu Ende.
"Was wolltest du vorhin von mir?" fragte ich völlig konzentriert meinen Freund Ingo.
Jetzt wurde Ingo vollends grantig.
"Sag' mir lieber, was du hier treibst!" schnauzte er los.

Ich holte tief Luft und begann dem lieben Ingo mein Dilemma zu erklären.
"Es jammert mich, meinen PC so zu sehen. Er ist neu, stark und schnell, aber wehe ich will mit dem Internet kommunizieren. Dann wird er zur Schnecke.
Egal, was ich anstelle, es dauert Ewigkeiten, bis die Daten durch das Netz zu meinem PC wandern. Alles Umstöpseln und Umstellen half nichts. So fragte ich andere Leute aus, was sie in diesen Fällen tun.
   So richtig konnte mir keiner raten. Aus allen, vielen und guten Ratschlägen habe ich jetzt Folgendes erkannt: Der Datenfluss ist gehemmt.
"Das passiert so" dozierte ich "Die Daten kommen als Pakete aus dem Internet zum Rechner. Das sind so kleine Pakete, die irgendwer zusammen knautscht und dann in eine Leitung stopft. Meistens ist diese aus Kupfer. Immer öfter nimmt man auch Glasleitungen. Sind die Drähte nun zu eng? Könnte man nicht besser Rohre nehmen? Ich weiß es nicht.
Diese Datenpakete müssen nun zum Empfänger, also zu mir. Aber hier purzeln sie nicht so, wie sie sollen.

Ein Bekannter sagte einmal zu mir, als wir an seinem PC saßen: "Da kannst du inzwischen eine Tasse Kaffee trinken!"

"Was sagste dazu? In diesem Moment war auch das Bild auf dem Monitor vollständig aufgebaut. Das habe ich mir aber gemerkt. Deshalb steht jetzt immer eine Tasse mit Kaffee neben meinem PC. Obwohl - ich mag lieber Tee.
Und noch etwas habe ich mir gemerkt. Daten kommen auch durch den Äther, äh also Luft. Sie müssen sehr leicht sein, denke ich.
Mein Auf- und Ab-Gerenne?
Ich warte immer kurze Zeit, bis wieder so ein Datenpaket zu mir kommt. Ich renne zur Tür und lasse es dann ein. So kann es ungestört zu meinem PC schwirren. Ein Schluck Kaffee und schwupp, wieder ein Stück Bild mehr auf dem Monitor."

Kopfschüttelnd hatte mir Ingo zugehört. Ich glaube er hatte noch nicht alles verstanden, was ich lang und breit erklärt hatte. Er ist eben ohne rechten Computerverstand, nicht so erfahren wie ich.
"Du sagtest, dass die Datenpakete durch die Luft schwirren? Hast du schon einmal den Paketboten gesehen? Warum müssen sie durch die Eingangstür und kommen nicht durch das offene Fenster? Warum schwirren sie überhaupt? Ich denke du hast eine DSL-Leitung?"

Ich schluckte. Das war pure Ignoranz. Ingo hatte vorhin ohne Punkt und Komma geschnattert, während ich leiden musste. Warum alle diese Fragen? Einen guten Rat sollte er wenigstens für mich haben.
Ich klickte mit der Maus, um eine Webseite weiter zu kommen, dann flitzte ich wieder los. Ich sah gerade noch, wie sich mein lieber Ingo kopfschüttelnd erhob und dem Ausgang zustrebte. Er würdigte mich kaum eines Blicks. Als ich noch Grüße an Elfriede ausrichtete und ihn fragte, ob er jemand kennt, der mir helfen könnte, meinte er nur lakonisch: "Versuchs mit beten!"
.

## Der Zitterer

Gestern, genau als ich nichts Böses ahnte, rief mir doch jemand von der anderen Straßenseite zu. Ganz deutlich hörte ich meinen Namen. Ich blickte hinüber. In dem Gewusel von Menschen mit Rucksäcken und Plastiktüten konnte ich kein bekanntes Gesicht erkennen.
Ah, da winkte einer. Er winkte und wies mit einer Hand in Richtung Verkehrsampel. Auch ich lief gerade in diese Richtung. Brav gehorchte ich dieser Weisung des Unbekannten.
Inmitten einer Menschenmenge, die mit mir ebenfalls die Straße überqueren wollte. Es war die Zeit der Berufstätigen. Die Gebildeten sagen wohl "Rasch aua".

Als die Ampel auf "Grün" schaltete schubste mich die Menge über die Fahrbahn. Geradewegs in die ausgebreiteten Arme von Ingo. Ausgerechnet Ingo. Ich dachte, ich wäre ihn schon für immer los, als er drei Querstraßen weiter zog.
Nichts da. Er hatte mich wieder erwischt.
In seiner ausgesprochenen überbetonten, herzlichen Art begrüßte er mich mitten auf der Fahrbahn: "He alter Sack! Siehst ja gut aus, trotzdem du verheiratet bist!"
Das war nicht ganz, was ich den Menschen um mich her wissen lassen wollte. So zog ich Ingo wieder auf seine Seite der Straße. "Keinen Schritt zurück", schwor ich mir insgeheim. Heute gebe ich nicht klein bei. Immer überfiel mich Ingo mit irgendwelchen gerufenen Gemeinheiten. Ich drückte das Kreuz durch.
Prompt kam von Ingo: "Mann gehst du steif. Hat Mutti wohl dein Hemd gestärkt?"
"Redest wohl nicht mehr mit mir, deinem alten Kumpel?" Hakte er nach, als ich nicht antwortete.

Ingo zog mich in die kleine Spelunke, die zwischen Blumenladen und Lederwaren ein schmuddeliges Dasein fristete.
"Zwei Große!" zeigte Ingo dem Wirt. Der nickte und zapfte.
Ehe wir richtig saßen schäumte schon die "Krone" vor uns. "Kein Bier ohne Krone." Die Devise von Ingo. Schon wischte er den Schaum von den Lippen.
"Erzähl' mal du Socke, du musst doch viel erlebt haben in der langen Zeit!"
Ich erzählte in dürren Worten was ich erzählen wollte. Nichts von zuhause, nichts aus der Familie, nichts über meine Arbeit.

Ich erzählte nur kurz, dass ich jetzt viel im Internet unterwegs bin und dort meine Geschichten veröffentliche.

"Genauuu! Das isset. Genau das mache ich auch. Bin täglich im Internet. Hübsche Mädchen jibbet da. Und dann gucke ich immer so'n Filmchen bei den Briten."
"Schreibst du auch, Ingo?"
"Klaro. Im Chat ist so ne nette Mieze. Und dann noch im Block."
"Blog, berichtige ich sanft. Mit "g" wie Gustav."
"Äh, woher kennst du Gustav? Ach ja. Den kennste ja. War ja mein Opa. Klar, daste den kennst."
"Veröffentlichst du auch Geschichten im Blog?"
Klar, sag' ich doch. Immer wenn ich einen guten Text im Internet finde kopiere ich den und zittere ihn. Einfach so: Copy & Basta."
"Du zitierst? Schreibst du nichts selbst?"
"Ich sagte doch" jetzt kam er ins Hochdeutsche, "Ich sagte doch, dass ich zittere. Warum soll ich was ausbrüten, was andere schon längst gepredigt haben. In meinen Kopp is' sowieso immer Flaute."

Ich beschrieb ihm vorsichtig, dass ich meine Texte selbst erfinde und aufschreibe.
"So viel Arbeit machst du dir?"
Ingo verstand gar nichts, was ich machte. Ich versuchte auch nicht noch einmal ihm das zu erklären.
Mit einem Vorwand, keine Zeit, muss einkaufen, Waschmaschine läuft, verabschiedete ich mich von Ingo.
Er war jetzt bei der dritten Molle.
"Wenn ich mal einen Text von dir finde, zittere ich. Mach's gut du Eheknochen. Wann ist deine Scheidung?"

Ich zuckte mit der Schulter und verließ die Kneipe. Erst einmal frische Luft atmen.
Ich strebte schnell nachhause. Es dämmerte schon.
Als ich die Treppen zur Wohnung hochstieg überlegte ich, ob es bei Ingo auch einmal dämmern würde.
.

## Deutsch für Anfänger

"Setzt Euch bitte!"
"Ingo-Werner, wenn du mich bitte ansehen könntest, wäre ich froh. Ist die das nicht langweilig immer in den Ausschnitt von Anna-Luise zu blicken? Die Beiden, die sie da mit sich herumträgt sind nach dem Unterricht auch noch da. Hoffe ich jedenfalls. Oder ist dann die Luft raus?

Gut, wir haben jetzt nicht Biologie, also weiter im Unterricht. Wir hatten uns letztens mit dem Bau von Sätzen beschäftigt. Weil, Sätze sind in der deutschen Sprache wichtig.
Es ist noch nicht genau definiert, wie viele Wörter einen Satz bilden, aber sind es immer mehr als ein Wort. Oder wie denkst du darüber, Nemes?
Nehmen wir ein Beispiel aus der neuesten Vergangenheit. Gestern sagte Klaus-Luis zu dir: "Mach daste wechkommst, sonst fehlt dir ein Satz Ohren". Es wäre, aus meiner Sicht, kein Verlust, wenn du keine Ohren mehr hättest, weil sie doch nur zur Aufbewahrung der Ohrhörer deines MP3-Players dienen.
Aber ich will nicht ablenken. Ob mit oder ohne Ohren. Deine Antwort war nicht richtig. Sie bestand nämlich nicht aus einem Satz. Du sagtest nämlich, mit einem Zeigefinger an deiner Stirn, "Arschlöcher" zu ihm. Das ist einfach nur eine Verkürzung der schönen deutschen Sprache.
Außerdem wäre da noch der biologische Fakt. Jeder Mensch hat nur einen Anus. Also, bitte setze dein Schimpfwort nächstes Mal in den Singular.
Ich verstehe schon, dass du zuhause in liebevoller Weise vernachlässigt wirst, aber du bist hier in Deutschland geboren, also wäre es für dich angebracht mehr deutsche Wörter zu kennen als das Eine. Es gibt zwar nur 600 deutsche Erbwörter, aber mehr als das Eine solltest du schon kennen, wenn du bei Margot-Verena landen willst.

Ha? Jetzt übertreibst du aber mächtig. Mehr hast du aber bisher nie gesagt.
Ach so. Das meinst du. Ja, jetzt sitzt du aber einem riesigen Irrtum auf. Ich muss hier einmal eine Lanze für die deutsche Sprache brechen. Sie ist umfangreicher als du denkst. Eine Ficke war bereits im Mittelalter die Handtasche für die Frau.
Mund zu Nemes! Dieses Wort gibt es heute noch im österreichischen Wortschatz. Und wenn du "fickerich" bist, bedeutet es nichts weiter, als das du in deiner Hosentasche nichts findest,

also vergeblich suchst. Nun wundere ich mich aber, dass du immer mit einer Hand in der Hosentasche herumläufst. Du wirst wohl ein Suchender bleiben.

Wir hatten uns schon zum Satzbau in der deutschen Sprache verständigt. Nur um mal wieder zum Kern des Unterrichts vorzudringen. Wir hatten bisher: Hauptsatz und Nebensatz. Dann Substantiv, Prädikat und Adjektive. Adjektive sind, vereinfacht dargestellt, nur die Kinder der Substantive. Nichts mit Biologie!

Leute hört zu! Egal. Ihr lenkt immer vom Thema ab.
Wir sprechen von einem Hauptsatz, einem Nebensatz, einem Zwischensatz. Ein Satz kann ohne weiteres aus diesen Teilen bestehen. Das erfordert aber Kenntnis vieler Wörter. Beim Sprechen hört niemand diese Aufteilung. Es ist zum Beispiel falsch zu sagen: Du hast aber einen schönen Nebensatz gesagt. Richtig muss es heißen: Du hast etwas Nebensächliches gesagt.

Schriftkundige sehen aber sofort die Teile eines Satzes. Sie sind in der Lage Hauptsatz und Nebensatz zu unterscheiden. Ein Hauptsatz hat ein Substantiv und ein Prädikat. Wenn jetzt noch ein Nebensatz dazu kommt, wird der Satz nicht nur einfach länger, nein jetzt tritt auch noch eine so genannte Interpunktion auf den Plan. Was Interpunktion ist? Das ist alt-hebräisch und dient zum Luft holen. Eine Interpunktion ergibt oft erst einen Satz einen Sinn.
Ihr kennt bereits: Punkt, Doppelpunkt, das Ausrufezeichen, den Gedankenstrich. Der Gedankenstrich soll andeuten, dass jetzt eine Denkpause folgen soll. Wenn ihr nicht denkt, könnt ihr natürlich den Strich einfach weglassen. Es gibt noch eine Klammer, aber die nehmen wir erst später durch.
Sehr wichtig ist aber ein Interpunktionszeichen, das wir Komma nennen. So klein und so gemein. Mal sind es zu viele - mal zu wenige Kommata. Im Deutschen sagen wir dazu Beistriche.
Grinse nicht so Ferdinand-Wolfgang. Du kennst nur den Strich, den du immer zur Alkoholprobe entlang balancieren sollst?
Also, mal zusammengefasst: Das Komma ist das Kniegelenk eines Satzes.
Ach? Schon Schluss? Bis zum nächsten Mal will ich eine Niederschrift zu diesem Thema.
Nein Salima. Ich meine nicht Niederkunft. Du sollst etwas schreiben, nicht gebären!"
.

## Die Doppelspende

Immer wenn ich an nichts Böses denke kommt mir etwas Unerwartetes entgegen. Dieses Mal war es Dieter! Kennt ihr Dieter? Dieter ist wie eine Riesenwelle. Einmal in Gang gesetzt ist er nicht aufzuhalten bis er aufschlägt. Jetzt hatte es mich erwischt.
   Es ging ganz langsam los: "Wie geht es Luise?" (Meine allerliebste heißt Ilse).
"Warst du schon beim Arzt?" (Warum will er das wissen?).
"Du willst umziehen, erzählt man?" (Geschwätz. Er will wissen ob ich noch die gleiche Adresse habe).
"Hast du noch das schicke Rennrad?" (Jetzt fragt er ob ich noch sportlich bin).
Ich erspare euch die 52 weiteren Fragen. Ihr kennt sie alle, weil sie euch auch täglich gestellt werden.

Heute überraschte er mich mit einer unüblichen Frage: "Hast du heute schon gespendet?"
Jetzt zuckte ich erst richtig zusammen. Im Kopf ratterte der Automat, der immer die Schecks zählt. Und er wurde fündig. Klar hatte ich gespendet.
   Da waren die Hochwassergeschädigten, die Erdbebengeschädigten, die Kriegsgeschädigten, die Waisen in aller Welt, Herzzentren und Zentren für alle unheilbaren Krankheiten. Auch der Tierschutz brauchte Geld. Dann betankte ich noch mein Auto und sicherte die Renten von Politikern außer Dienst. Ich müsste wirklich mal eine Liste führen wofür ich spende. Es ist ja nicht nur Weihnachten, wenn mich das schlechte Gewissen besonders plagt.

Ich blickte deshalb Dieter scharf an und antwortete etwas indigniert (s. Fremdwörterbuch S. 325) an. Das kannte er nicht von mir. Etwas bleich wurde er wohl auch, wie ich bemerkte.
Er stotterte mehr als er sagte: "Ich will dich nicht anpumpen! Ich meinte wirklich spenden. So "Geben ohne Nehmen". Aber genauer meinte ich, dass du spendest und noch etwas dafür bekommst."
"Und wie das?" fragte ich misstrauisch.
"Komm doch mit. Dann gehen wir ein Stückchen Kuchen essen und trinken ein Käffchen. Dazu erzählen wir uns die ollen Kamellen aus der Vergangenheit."
Nee, die kannte ich schon alle.
Ich lehnte vorsichtig ab, aber Dieter ließ nicht locker: "Die haben wirklich guten Kuchen da. Schöne Obsttorten. Und wenn du die

Blonde Bedienung gesehen hast willst du erst gar nicht aus dem Laden."

Er zog mich erst sanft, dann energischer die Straße runter. Langsam bewegte ich meine Beine während er ununterbrochen auf mich einredete. Es war ein Redeschwall. Wie gesagt - eine Riesenwelle.
"Bekommst du Rabatt? Kannst immer ein Stück Kuchen umsonst essen, wenn du einen Gast an schleppst?"
"Komm mal wieder runter!" Dieter war jetzt zur Höchstform aufgelaufen. Er griff nach meinem Jackenärmel, zog mich um die nächste Ecke und wir standen vor einer Bäckerei aus der es herrlich duftete. Ich wurde weich.
Dieter schob mich in den Laden und orderte bei der hübschen Blonden zweimal Torte und zweimal Kaffee. Dann zog er mich zu einem freien Tisch.
 Jetzt kam ich langsam zu mir. Wir schwatzten bis der Kaffee kam, wir schwatzten bis die zweite Runde Kaffee aufgetischt wurden. Jetzt wurde ich langsam wach. Auf meine Fragen nach der Spende, die Dieter anfangs erwähnte, bekam ich keine exakte Auskunft. Immer redete er vom Urlaub oder von seinen "Verflossenen". Nie kam er zum Thema.
Irgendwie war ich eingelullt.
Dieter guckte immer öfter auf die Uhr. Jetzt sprang er, beim letzten Blick auf seine Uhr, plötzlich auf.

"Ich muss los. Da wartet Eine, du weißt ja." Er grinste fett. Das kam aber nicht von der Portion Sahne, die er sich noch bestellt hatte.
"Du machst das doch hier? Ja?"
Dieter war schon fast aus dem Laden als ich aufwachte. Da hatte er mich doch glatt abgezockt? So ein mieser Hund! Elender Schuft! Mieser Kerl! Blöder... mir fielen noch einige Titel ein, die auf Dieter passten.
Das meinte er also mit "Spende". Ich war unendlich sauer. Eine Woche oder länger konnte ich mich nicht beruhigen. Mein Gesicht nahm einen immer währenden mürrischen Ausdruck an. Menschen, die mich nicht kannten gingen nur noch in einiger Entfernung an mir vorbei. Ein Mädchen fragte ihre Mama "Du Mama, hat der Mann da ein Messer?".
Langsam wurde ich ruhiger. Der Lebensrhythmus holte mich ein.

Wie jeden Morgen gehe ich zum Briefkasten. Wie jeden Morgen schleppe ich die Zeitung fünf Etagen nach oben. Wie jeden Tag schlage ich die Zeitung auf der Lokalseite auf.

Au! Ein riesiges Bild machte mir die Knie weich. Ich knickte ein. Schwer atmend las ich die Bildunterschrift:
"Bäckermeister Wille hat heute einer Spendenorganisation einen Scheck über eintausend Euro überreicht. Er hatte die Idee zwanzig Cent auf jedes verkaufte Stück Torte auf den normalen Verkaufspreis aufzuschlagen und den Erlös zu spenden. Die Notleidenden werden es ihm danken".
Auf dem Bild blickte ihn die hübsche Blondine lächelnd an. Hat sie die Spende bekommen?
.

**Die Lädie mit Büldung**

Sie hatte mich wirklich überrumpelt. Es war nicht ihre Erscheinung. Nicht ihre sportiven Kniehosen. Nicht ihr seidenes, dunkles Haar. Nicht mal ihr Augenaufschlag hatte die Wirkung, die sie mit ihren Lippen erzeugte. Ich musste den Blick senken, damit ich sie nicht anstarrte.
Und doch fing alles so leidenschaftslos, so unbedeutend an.
"Heute Abend kommst du doch mit, wenn ich zur Anmeldung gehe?" Natürlich wusste Schatzi, dass ich mit ihr dorthin gehe. Die Frage war mehr rhetorisch. Ich nickte. Wir haben Herbst und es dunkelt so früh. Ich bin zwar kein Judoka, aber mir wurde immer erzählt ich solle mich wie ein Mann benehmen und die Frauen beschützen. Wenn ich Fragen zu diesem Satz hatte, kam immer die Antwort: Ein Mann ist ritterlich; "Er beschützt die Frau".
Als Junge hatte ich ein Bild von mir in Ritterrüstung vor meinem Auge.

Ich zog mir noch schnell eine dicke Wolljacke unter meinen Parka (das verleiht Volumen) und ab ging es zum Fitnessstudio im ,,Sport-Center". Die Wartenden dort schrieben fleißig irgendwelche Zettel voll, reichten leidensfähig ihre Kreditkarten dieser dunklen Schönen und bekamen Termine im Fitnessstudio "Lady's Five" für die ärztlich verordnete Wassergymnastik. Die Fachfrau sagt auch Aquagymnastik dazu.
Zwischendurch fragte eine etwas angegraute Dame die Schöne "Was bedeutet Aquagymnastik?"

Mit einem Lächeln um die Lippen erwiderte die Befragte: "Aqua, das kommt aus dem Englischen und bedeutet Wasser. Es ist also eine Wassergymnastik!"
Die Angegraute nickte und reichte ihre Kreditkarte.
Nun war SIE dran. Sie, der ich mich zum Schutz beigesellt hatte. Sie nannte ihren Namen. Das half nichts. Auf der Liste der Schönen gab es diesen Namen nicht.
"Ich habe mich doch aber schon im Juni bei einem Herrn hier angemeldet!"
"Dann haben wir sie doch schon angerufen?"
"Niemand rief mich an, trotzdem es mir versprochen wurde! Ich habe hier drei Mal angerufen, damit ich heute mit ihnen meinen ersten Termin für die Wassergymnastik bekomme".

Ich benutze hier den Begriff "Aqua" nicht, da ich keine Fremdsprache beherrsche. Nicht einmal Englisch.
"Sie stehen wirklich nicht in meiner Liste, aber ich gebe ihnen hier das Anmeldeformular für das Fitnessstudio. Das kostet monatlich 26 €. Wir buchen dann diesen Betrag monatlich ab".
"Ich will doch aber nicht Mitglied werden. Das ist doch eine medizinische Behandlung. Vom Arzt verordnet und von der Krankenkasse wurde die Kostenübernahme bestätigt. Im Anschreiben steht ausdrücklich, dass diese Behandlung nicht zur Mitgliedschaft in einem Fitnessstudio verpflichtet."
"Aber anders geht es nicht. Sie können hier auch als Mitglied die Dusche, die Sauna und die Getränke kostenlos nutzen."
"Will ich aber nicht!"

Anders geht es aber nicht. Das Wasserbecken muss erwärmt werden und das kostet viel. Am besten sie suchen sich eine andere Möglichkeit, wo die Behandlung billiger ist oder nichts kostet. Hier kostet es 26 € monatlich.
Wir gingen.

Ich überlegte laut:
"Eigentlich preiswert! Du kannst 50 Behandlungen zum Selbstkostenpreis von beinahe 350 € bekommen, dazu noch ihre Plastiküberzüge für deine Schuhe. Buntes Wasser trinken. Und die eigentlichen Behandlungskosten sind von der Kasse zu tragen. Du bist undankbar! Ich mache dir den Vorschlag, dass wir für dieses Geld in eine Badetherme gehen. Dort können wir für dieses Geld 2 Stunden im warmen Wasser plantschen und bekommen 45 Minuten Wassergymnastik kostenlos".
Meine Begleitung schenkte mir einen warmen Blick.

Ich würde ihr den Mitgliedsbeitrag schenken, wenn mein Einkommen reichen würde. Auch nicht gut, stelle ich nach langer Überlegung fest. Dann kann ich nicht mit ihr baden, weil dann mein Geld für mich nicht reicht.
.

## Die Geschickte

Heute war sie wieder da. Meine Lieblingsenkelin. Warum ich sie als Lieblingsenkelin bezeichne, weiß ich auch nicht. Alle meine Enkel sind liebenswert. Und alle Enkel lieben Opa - jedenfalls weniger oder mehr. Ich verstehe es immer wieder, mit ausgeklügelten Systemen meine Attraktivität bei meinen Enkeln wach zu halten. Ein Opa, der den Beinamen "Der Bedeutungslose" hat, will ich wirklich nicht sein.
　Meine Tricks sind ausgewogen und altersbezogen. Reicht es dem kleinen, einjährigen Peter, wenn ich ein Liedchen summe, bis er sanft einschlummert, sind es bei den Älteren schon etwas schwierige Aktionen, die mich in ihre Herzen und in ihr Gedächtnis einschmeicheln sollen.
Mau Mau spielen, bis ich mit den Augenlidern klappere. Oder die Schummeleien beim "Mensch-Ärgere-Dich-Nicht- Spiel" nicht zu bemerken.
　Ehrlich, der kleine Enkelwurm schummelt nicht, das ist schon groß angelegter Betrug. Da kann ein Opa nie gewinnen.
Klar kommt bei mir immer wieder die Frage hoch, wer in der Linie meiner Vorfahren ein Betrüger war. Ich habe so etwas nie gemacht und mein Enkel kann sich doch so etwas nicht selbst ausdenken. Nein, das muss in den Genen verborgen gewesen sein.
Ein Nachfahre von mir wird also Politiker. So früh kann man die Fähigkeiten bei seinen Enkeln erkennen.
Brachte ich es mit viel Übung und bangen Herzens nur bis zum Schwarzfahrer, bringt Enkelchen alles Zeug für eine politische Karriere mit. Oder wird er Banker? Ach, man soll nicht so Schlechtes von seinen Nachfahren denken. Sie sind doch einfach süß. Und das in fast jedem Alter.
Eine Grenze würde ich dabei schon ziehen. So ab dem 15. Lebensjahr sind sie nicht mehr süß. Da sind sie entweder ausgesprochen faul und haben einen Hang zum Geldausgeben oder sie sind schrill geschminkt und haben einen Hang zur Verschwendung.

Aber meine Lieblingsenkelin ist noch nicht fünfzehn Jahre. Noch übt sie den Augenaufschlag, mit dem man Opa an das Portemonnaie kommt. So richtig geschickt ist sie noch nicht.
"Opa, Oma schickt mich. Ich soll dich fragen, ob du heute im Wohnzimmer deinen Kaffee trinken möchtest?"
"Oho, da bist du ja eine Gesandte!" grinste ich.
"Nein ich bin geschickt!"

"Quatsch, wenn du geschickt wärst, hättest du vorhin bestimmt deine Bastelei geschafft. Aber da musste ich ja helfen".
Kurzes Nachdenken.
"Dann wäre ich also keine Geschickte?"
"Nein eine Gesandte!"
"Aber Oma hatte mich doch geschickt! Ich bin eine Geschickte?" trumpfte sie auf.
"Nein, du bist die Geschickte, weil sie dich gesandt hat."
"Ich bin also eine Gesandte und Oma die Schickerin oder wie das heißt?"
"Eine Gesandte hat einen Auftrag. Dadurch ist sie befugt, einen anderen zu vertreten. Das macht man in der Politik so!"
"Ach so, die Geschickten werden Gesandte. Das ist einfach!"
"Ob die Gesandten geschickt sind, kann ich nicht behaupten. Aber du wurdest geschickt!"
"Opaaa, wo willst du nun deinen Kaffee trinken? Oder soll ich ihn dir einfach über die Hose gießen?"

Ich glaube, ich muss mal ein ernstes Wort mit meiner Tochter reden. Etwas muss sie in der Erziehung meiner Enkelin falsch gemacht haben.
.

**Die Heilkraft des Wassers**

Immer öfter kommt der den Göttern gleichende Mann angetrunken nach Haus? Nun pöbelt er herum? Nur mit Mühe ist er ins Bett zu bekommen? Selbst im Halbschlaf stößt er noch Verwünschungen aus?
Es nervt und dauert viel zu lange bis du wieder deine gottgewollte Ruhe hast?
Du schimpfst, sagst viel Böses zu ihm? Es wird nur noch schlimmer? Du kannst es jetzt nicht mehr aushalten?

Was tut ihr jetzt liebe, engelsgleiche Frauen?
Ein Donnerwetter loslassen? Scheidung? Und wenn es der Liebhaber ist? Dann Trennung? Ach, die armen Kinder. Worüber sollen sie lachen, wenn der Papa die Nacht quer über der Türschwelle geschlafen hat und beim Aufstehen das Kreuz nicht gerade bekommt?

Engelsgleiche! Was nutzt das Wettern und Schimpfen? Nichts. Er schimpft zurück! Laut schallt es durch das Haus. Alle Nachbarn hören mit.

Traumfrauen! Jetzt habt ihr ein Mittel, dass so etwas nicht wieder vorkommt:
Euer Traummann hat heute wieder kräftig geladen? Er poltert und schimpft?

Jetzt geht ihr zum Wasserhahn und nehmt einen kräftigen Schluck Wasser in den Mund. Nicht herunter schlucken!

Mit vollem Munde bringt ihr jetzt euren lieben Mann ganz sanft ins Bett. Er wird noch etwas murren, aber bei jedem neuen Tag und einer weiteren Prozedur wird er ruhiger ins Bett gehen. Hat er sich daran gewöhnt, dass ihr nicht mehr schimpft wird er gleich freiwillig und leise unter die Bettdecke schlüpfen.
.

## Arzttermin

Seit mein Arzt in Rente gegangen ist wurde alles besser. Er behandelt nur noch Privatpatienten. Ein solcher bin ich. Jetzt warte ich nicht mehr eine dreiviertel Stunde vor seinem Sprechzimmer. In 45 Minuten bin ich dran.
Ich bin immer stolz wenn ich zu ihm darf. Ich blicke noch kurz und schadenfroh auf die vielen Sitzenden und Stehenden im Wartezimmer zurück, die zur Kassenärztin müssen. Es hat sich eben ausgezahlt, dass ich eingezahlt habe.

Das wollte ich aber nicht erzählen.
Seit einigen Monaten guckt er immer so komisch wenn er meine Laborwerte liest.
"Also das mit ihren Leberwerten müssen wir im Auge behalten. Sie neigen zur Fettleber!"

"Das ist aber nichts schlimmes Herr Doktor?
Meine Mutter hat mir schon als Kind eingetrichtert: "Junge, iss immer deine Butterstulle auf. Das Beste ist in der Butter. Margarine kommt uns nicht auf den Tisch."
"Trinken Sie Alkohol?" "Nöööööö!" Der Doktor schielte über die Brille. Irgendwie schien er mir nicht zu glauben. Ich musste mich nun auf seine Pritsche legen und er drückte mir auf dem Bauch herum.
"Bleiben Sie locker!" mahnte er mich. Der hatte gut reden. Der drückt und drückt und ich hatte Mühe meine Gase im Körper zu behalten. Endlich Schluss.
Schnell die Hose hoch und nichts wie weg. Meine Kumpels warteten ja schon draußen an der Ecke.
"Mann, dauerte das heute bei dir" meckerten sie.
Wir gingen zu unserer Stammkneipe und zischten erst mal ein Kühles. Als ich das mit der fetten Leber erzählte wieherten sie.
"Hefe ist gesund. Reinigt das Blut. Hast du auch weniger Pickel. Hopfen ist gesund. Ist Bitter - wie jede gute Medizin. Gerste, man die nehmen sie sogar für Müsli und solchen Kram. Das meiste ist aber Wasser. Du sollst mindestens 2 Liter pro Tag trinken".
Nette Kumpels. Sie bauen mich immer wieder auf. Ich habe mir das so zu Herzen genommen, dass ich nur noch Bier trinke. Alkohol kommt mir nicht auf den Tisch.
.

## Die lieben Nachbarn

Lieb?
Aber klar! Uns sind unsere Nachbarn lieb. Und teuer.
Das bekam ich schon als Kind eingebläut. Zwar konnte ich damals unsere Nachbarinnen nicht leiden, aber Mutter brachte es mir katzenkopf-mäßig schnell bei, dass Nachbarn, aber besonders Nachbarinnen etwas Wichtiges, Einmaliges und Ehrenwertes sind. Das war damals.

Also lange her.
Denn Mama wollte in Frieden leben. Mit sich, ihren Kindern und den Nachbarinnen. Es war schließlich gerade ein großer Krieg vorbei. Und alle drei Nachbarinnen, wenn ich Muttern dazurechne, waren Witwen. Das verbindet.
Wenn die Nachbarinnen nicht gewesen wären hätte ich beinahe eine sorglose Kindheit verbracht.
Wie singt man heute? "Es kann der Frömmste nicht in Frieden leben, wenn du der schönen Nachbarin gefällst" So oder ähnlich. Ich kann nicht singen und deshalb kann ich Schlagertexte auch nicht sehr gut im Gedächtnis behalten. Selbst dann nicht, wenn sie ein Kaiser singt.

Ach ja, Kindheit und Nachbarinnen. Die ich kannte, waren so alt wie meine Mutter. Nichts, was einen Jungen ins Schwärmen bringt. Für Mütter schwärmt ein Junge einfach nicht. Besonders nicht im Kindesalter. Da sind Mütter doof, nervig, allwissend und nie da, wenn sie mal den Nachbarsjungen verhauen sollen. Dazu musste ich immer meine ältere Schwester bemühen.
　Kurz und knapp. Ich hatte damals keine Nachbarin, die ich anhimmeln oder umschwärmen konnte.
Hoppla! Kann ein einzelnes Individuum überhaupt schwärmen? Darüber dachte ich damals nicht nach. Ich hasste meine Nachbarinnen ausgiebig, hingebungsvoll und abgrundtief.
　In den Märchen, die ich damals lesen musste, weil sie unentbehrliches Kulturgut waren, war sehr ausführlich beschrieben, wie Hexen sind und wie sie aussehen. Ich verglich das oft. Also Märchen und Wirklichkeit. Es gab viele Übereinstimmungen.
　Nur die Bekleidung war etwas schmucklos. Sie gefielen mir nicht, meine Hexen. Die Beiden trugen immer Kittelschürze. Kennt man inzwischen wieder, habe ich feststellen können. Wie die sagenhaften Kleider heute heißen, weiß ich nicht. Jedenfalls knöpft man sie mit vielen Knöpfen vorn zu. Das ersparte wohl

damals den Mann zum Zuknöpfen. Der war gerade für den Endsieg unterwegs oder dort hingefallen, wie wir Kinder immer sagten.

Wenn der Mann hingefallen war, dann waren garantiert die letzten zwei Köpfe, unten, nicht zugeknöpft. Das merkten sogar wir Minderjährigen. Wer damals dachte, nur weil wir klein sind wären wir minderbemittelt, der irrte. Geistig meine ich. Denn Geld gab es nicht. Nicht einmal für Nachbarinnen.
 Das war auch so eine Sache, die unverständlich war. Keiner hatte Geld. Wenn jemand Geld benötigte, man musste schließlich die unnützen Bälger durchfüttern, dann borgte man sich eben das Geld. Aber, wenn mich Mutter losschickte, eben jenes Geld zu besorgen, bekam ich sofort zur Antwort: "Wir haben doch selbst nichts!" Aber ich brachte immer einige "Rentenpfennige" nach Hause. So hieß damals das Kleingeld aus Aluminium. Ich war so etwas wie ein Hänfling. Knochen mit Pelle, sagten meine Kumpels.

Wie man erkennen kann war ich also erfolgreich in Beschaffungsfragen.
Die Nachbarinnen! Wo war ich da gerade? Beim letzten Knopf?
Die linke Nachbarin war wirklich link. Ich konnte nie erfahren, wo ihr Mann abgeblieben war. Jedenfalls war sie immer allein in der Wohnung. Selbst so begehrte Männer, wie der Gasmann, der Telegrammbote, der Briefträger und der Ableser von den Elektrizitätswerken durfte diese heilige Wohnung nie betreten. Das fiel mir auf.
Mutters Erklärung auf meine drängenden Fragen war immer lakonisch und immer gleichlautend: "Die blöde Kuh ist wohl eine ewige Jungfer. Sie wird nie verstehen, wie ich mich mit meinen fünf Plagen fühle."
 Das gab Stoff zum Grübeln. Ich, ein wahrer Sonnenschein, wie Tante Leni behauptete, ich sollte eine Plage sein? Aber was ist eine Jungfer? Da ließen uns selbst die Lehrerinnen im Dunkeln. Ich erfuhr, auf meine Nachfragen, dass Jungfern "unbemannt" sind. Oder Libellen.

Die Bomber und Jagdflugzeuge über mir waren immer "bemannt". Das konnte ich immer an den Fallschirmen erkennen, die zur Erde schwebten, wenn die Flak wieder einmal getroffen hatte. Unbemannt ist mir heute klar geworden. Das sind Drohnen ohne Männer drin. Da sitzen die Männer am PC. Gab es damals nicht, den PC. Computer schon. Alles Dinge, die ich später hart erleben musste. Kurz: Jungfern sind auch nicht immer unbemannt, aber keine Drohnen. Stimmt das so?

Mir egal. Ich will etwas über Nachbarn und Nachbarinnen schreiben.
Links eine Jungfer. Sie war gemein und selbstsüchtig, wie ich schmerzhaft erkennen musste.
Zuhause war ich damals für die Karnickelhaltung zuständig. Ob Karnickelin oder Karnickel war mir egal. Die fraßen ohne Ende und wurden fett. Ich war täglich auf Nahrungssuche für diese Viecher unterwegs. Sie wohnten bei uns im Keller. Ob sie deshalb rote Augen und ein weißes Fell haben, hatte ich mal gefragt. Die Auskunft war knapp: "Das sind weiße Wiener und der Bock heißt Rammler."

Klasse Erklärung. Erzähle das mal heute einen Erstklässler! Damals verkniff ich mir einfach weitere Fragen. Ich warte einfach. Wie ich, durch Lauschen, erfahren hatte war ich zu jung für eine umfassende Aufklärung. "Da warten wir lieber, bis der Junge aus der Schule kommt. Der versteht doch noch nichts!"
Die Linke, also die ewige Jungfer war einmal zur gleichen Zeit im Keller wie ich. Ich hatte gerade frisches Grün für die Ausländer mit den roten Augen beschafft und fütterte sie langsam. Sie sollten schließlich keine Koliken bekommen. Ich wusste, was Koliken sind. Wünsche ich heute noch niemanden. So kam es auch, dass ich erfuhr, was ein Einlauf ist.

Die Wiener knabberten und sich sah nach den Kohlen. Die knappe Zählung der Kohlen ergab, dass ein enormes Defizit an Heizmaterial bestand. Da passierte es: So ein Wiener büxte aus. Ob Zippe oder Bock, konnte ich erst später feststellen.
Wiener weg, ich hinterher. Das Mistvieh, also das Karnickel, war spurlos verschwunden! Das war selbst für mich eine Sauerei. Sofort war mir klar, wie oft ich kein Mittagessen bekommen würde. Ich rief und flehte. Das verdammte Vieh blieb verschwunden. Ich sah durch alle Bretterverschläge der weiteren drei Keller - nichts! Karnickel weg. Die letzte Rettung blieb nur Frau Nachbarin. Und was sagte mir die die "Ewige Jungfer"? Sie hat kein Karnickel gesehen. Sitzt genüsslich auf dem Hackklotz und hat nichts gesehen. Das war sogar mir Zuviel. Nochmalige Nachfragen brachten mir viele Koseworte, die aber nicht neu waren. Den "Rotzlöffel" kannte ich schon lange. Der entlockte

mir nur noch ein leichtes Grinsen, weil mir einfach nichts einfiel, was wie ein Rotzlöffel aussehen konnte.

    Damals grinste ich aber nicht. Schimpfen durfte ich nicht. Ich sollte schließlich immer beweisen, dass ich eine gute Erziehung bekam. Das war damals noch wichtig. Vielleicht nicht für uns Kinder, aber für die Nachbarn.
Karnickel weg, Beichte, Essen weg, Hunger, Wut im Bauch! Ob ich heute alte Jungfern mag sage ich hier nicht.

Mutti schickte mich eine Woche lang in den Hausflur zum Riechen. Ich sollte an der Tür der linken Nachbarin schnuppern, ob es dort Fleisch gibt. Das wäre zu dieser Zeit etwas sehr Verwunderliches gewesen und ein Indiz.

Das Leben ist eine einzige Gemeinheit, wenn rechts der eigenen Behausung auch noch eine Nachbarin wohnt.
Sie hatte auch eine Kittelschürze. Diese Schürze hatte aber einen großen Mangel. Lag es an der Kriegsproduktion oder an den klammen Fingern der Nachbarin? Diese Schürze ließ sich nur auf drei Knöpfe zuknöpfen. Oben natürlich. Bitte nichts Schlechtes denken. Oben war Frau Nachbarin wirklich zugeknöpft. Mit letzter Kraft versuchte sie immer mit einer Hand die letzten Knöpfe auch noch zu schließen, aber so etwas geht schlecht, wenn man an den Knöpfen fummelt, den Gasmann begrüßt und die Wohnungstür nur knapp mit einer Hand öffnet. Der arme Mann schaffte es immer nur knapp durch den winzigen Spalt zu kommen um die Wohnung zu betreten. Warum er dort hinein musste erklärte mir Mutti nie. Immer eine Ausrede nach der Anderen. "Frag nicht so viel, wer viel weiß wird schnell alt!"
    Also fragte ich weiter. Der Zusammenhang blieb leider unklar, warum der Gaszähler im Hausflur hängt und Frau Nachbarin immer kichert, wenn der Gasmann in der Wohnung kassiert. Wir bezahlten entweder gar nicht oder an der Wohnungstür.

Irgendwann hatte es aber Frau Nachbarin mit mir verdorben. Nur wegen meiner guten Erziehung grüßte ich sie noch nach einem Vorfall, den ich hier nur kurz schildere. Der ganze Vorgang dauerte Stunden, aber ich muss hier alles verdichten.
Alles begann mit meinem Drang mit den Mädchen "Hopse" zu spielen. Die Jungs aus meiner Straße hatten mich gerade aus der Völkerball-Mannschaft geworfen. Und alles nur, weil wir keinen vernünftigen Ball für dieses Spiel hatten. Es gab keine Le-

derbälle bei uns. Nur ein Junge brachte heimlich einen Medizinball von Zuhause mit. Das Ding war für mich zu schwer. Sollte ich diesen Ball fangen kippte ich hintenüber oder das Ding rutschte mir durch meine spindeldürren Arme. Ehe ich mir weitere Beschimpfungen anhörte, was ich für eine Niete sei, ergriff ich die Flucht und schlenderte beiläufig zu den Mädels. Die ahnten wohl etwas und guckten so wie Mädchen, die schon wissen, was Jungs wollen.

Ich guckte nicht zurück, sondern ergab mich in gespielter Belanglosigkeit und Langeweile. Das dauerte mir Ewigkeiten. Rettung war die Stimme einer Mutter, die gerade aus dem Fenster rief: "Lieselotte, komm sofort nach oben, du musst dich noch waschen ehe du ins Bett gehst!"
Ach ja. Mütter sind erbarmungslos, wenn es um saubere Hälse und Knie ihrer Kinder geht. Ich könnte endlose Geschichten darüber schreiben. Alle voller Frust und Schmerz.

"Kannst du Himmel und Hölle?" Ich nickte bescheiden.
"Kannst ja mitspielen, für Liese, sonst geht es nicht auf"
Endlich hatte das Schicksal ein Einsehen. Oder war es Hildchen? Freudig hopste ich mit den Mädels um die Wette. Eine hatte ihr Armkettchen für das Hopse-Spiel geopfert. Ich guckte wohl immer etwas zu neidisch auf das glänzende Kettchen. Marita, also Marie, wurde langsam unwirsch.
Plötzlich kreischte sie auf: "Du Ferkel! Spinnst du? Hast du kein Benehmen?"
Ich sah mich um. Hinter mir nur die Völkerballer. Selbst die starrten jetzt zu uns. Im höchsten Diskant folgten noch viele Schimpfwörter und ein ausgestreckter Arm in meine Richtung. Jeder weiß es, wie ich. Mädchen/Frauen kennen mehr Schimpfwörter als Jungs/Männer. So dauerte es eine geraume Weile, bis Marie wieder Luft holte.

"Was hab' ich denn gemacht?" fragte ich kleinlaut und war mir keiner Schuld bewusst.
"Du Sau hast mir unter den Rock gesehen!!"
Wurde ich jetzt rot? Jedenfalls wurde mir warm und wärmer. Diese Ungerechtigkeit war eine bodenlose Gemeinheit. Natürlich hatte nicht unter Mariechens Rock geguckt. Warum auch? Jedes Mal, wenn sie ihr Kettchen vom Pflaster aufhob guckte ihr gesamter Po unter dem Rock hervor. Da musste ich eher weggucken, aber so ging Hopse nicht. Man guckte voller Aufmerksamkeit, ob die Mitspieler nicht auf eine weiße Kreidelinie traten. Das war dann das "Aus" für den Mitspieler.

Jetzt zeterten alle Mitspielerinnen los. Ich war beleidigt und zog stinksauer nach Hause. Wir wohnten Hochparterre. Kaum hatte ich die erste Stufe erklommen riss Frau Nachbarin-Rechts die Wohnungstür auf und beschimpfte mich ebenfalls mit lauter Stimme. Was ich doch für ein versauter Junge wäre und dass es mal mit mir ein schlimmes Ende nehmen wird.
Dann riss sie mich am Arm und zog mich in ihre Küche. Dort musste ich mich auf einen hohen, weißen Hocker setzen und wurde einem endlosen Verhör ausgesetzt. Die Fragen kamen wie der Medizinball. Hart und unverhofft.
  Was ich mir dabei dachte, was ich für Fantasien hatte und Fragen, die ich einfach überhörte, weil mir der Sinn nicht klar wurde. Als ich endlich in unsere Wohnung gehen durfte war ich erschöpft und richtig wütend. Die gesamte Befragung hatte fast zwei Stunden gedauert.

In der Folgezeit ging ich beiden Nachbarinnen bewusst aus dem Weg. Ab und zu äußerten sie zu meiner Mutter und anderen Mietern im Haus, dass einiges nicht mit rechten Dingen in diesem Hause zuginge. Sie würden wohl bald ausziehen. Die Fahrradreifen waren ständig platt, die Blumen im Mietergarten waren verkümmert und Salat und Radieschen waren abgeerntet, ehe die Nachbarinnen sie ernten konnten. Es war ein großes Rätselraten im Aufgang. Niemand wusste wer so etwas machte. Die Kinder waren doch alle wohlgeraten.
"Unsere Tun so etwas nicht!" war die einhellige Meinung.
.

## Die schnelle Spende

Einkaufen macht Spaß. Besonders dann, wenn wieder etwas Kleingeld in der Hosentasche klimpert. Das passiert mir immer am großen "Tag der Rentenverteilung". Immer wieder sehne ich diesen Tag herbei. Bedauerlich ist nur, dass die Regierung, und damit die Rentenkasse, so etwas nur einmal im Monat veranstaltet. So ist es immer ein banges Warten auf den nächsten "Tag der Rentenverteilung".

Wer noch keine Rente kennt sollte sie sich mal von Oma oder Opa erklären lassen. Es ist komplizierter als Diäten zu bekommen. Diäten kommen jede Woche mit den Illustrierten. Und sie überkommen die Regierenden.

Diäten für Politikern werden automatisch alle paar Jahre erhöht. Renten werden nur erhöht, wenn dringende Wahlen für die Regierung anstehen oder der Aufschrei der Rentner aus Versehen mal durch eine offene Tür ins Parlament dringt. Genau dort mag man keinen Lärm. Entweder sie lesen gerade die neuesten Emails oder sie plaudern angeregt mit der Nachbarbank, wenn, ja wenn sie nicht gerade dazu aufgerufen worden eine Rede zu reden. In diesen Reden ist das Wort "Rentner" fast nie vertreten. Energisch reden sie von Energie und Synergie.

Aber das ist ein schlechter Vergleich. Ein Rentner hat fast immer gearbeitet. Während ein Abgeordneter "Bezüge" hat.
Wieder zurück zu meiner Hosentasche. Da drin ist manchmal Kleingeld. "Gut festhalten" lautet dann die Devise. Aber wie denn? Von den Regierenden mit ihren "Bezügen" werde ich fast täglich dazu aufgerufen mein Geld so schnell wie möglich auszugeben. Das kurbelt den Konsum an, meinen sie. Wenn ich konsumiere habe ich kein Kleingeld mehr. Ist dann Schluss mit meinem Konsum? Natürlich nicht.

Jetzt werde ich aufgefordert mehr zu sparen, da ich sonst ein Sozialfall werde. Was ein Sozialfall ist? Das ist ein Mensch, der nicht arbeiten darf oder kann oder sogar nicht will und trotzdem Geld zum Leben bekommt. Man erkennt diese Menschen nicht. Mit einer Ausnahme: Ihre Fotos befinden sich auf einem Wahlplakat. Dann sieht jeder den sozialen Notstand des oder der Betreffenden.

Ich klimpere zufrieden monatlich mit meinem Kleingeld und gehe wohlgemut in den nächsten Markt. Super! Was es alles dort

gibt! Ich bin wie berauscht. Einen Moment innehalten, die Vernunft einschalten und dann wieder die Auslagen betrachten. Von jetzt an habe ich ein Auswahlprinzip: Stillt den Hunger oder ist Luxus.
Das mache ich aber schon einige Jahre. Ob ich mich schäme Geld auszugeben, dass ich früher mal verdient habe? Nein! Schließlich haben die Banken damit gespielt und mit meinem Geld viel Geld verdient. Jetzt etwas von Diesem und Jenem in den Einkaufskorb gelegt. Fleißig rattert die Kasse in meinem Kopf. Ich will nicht überziehen. Ganz zum Schluss gehe ich immer an einem Regal entlang, blicke mich vorsichtig um. Sehe ich keinen Mitwisser, bücke ich mich ganz tief nach unten und entnehme einem kleinen Korb einige Waren, die bereits das Verfallsdatum zeigen. Immer noch sorgfältig nach allen Seiten Ausschau haltend, gehe ich schnell zur Kasse.
Zuhause, hinter der verschlossenen Wohnungstür begutachte ich erfreut meine kleinen Beutestücke, die ich beinahe kostenlos erworben habe.

Ach, wie oft habe ich das gemacht. Beinahe war es schon eine rituelle Handlung auf diese Weise mein Haushaltsgeld zu strecken. Ich achtete auch nicht mehr so streng darauf, ob mich das Personal sah. Schließlich sortierten sie diesen preiswerten Korb. Nur vor den anderen Kunden wäre es mir doch etwas peinlich geworden meine Bedürftigkeit so offen zur Schau zu stellen.

Montag! Alle Vorräte über Samstag/Sonntag verbraucht! Ich schleiche wieder zu meinem Körbchen. Kein Korb!

Dienstag! Dringende Einkäufe erledigt und wieder auf den Marsch Richtung Korb: Nichts.

Mittwoch! Schon wieder gibt mir mein Lieblingsmarkt einen Korb, äh keinen Korb.

Donnerstag! Ich werde stutzig. Hier muss Methode am Werk sein. Kein kleines Leckerli für wenige Kröten. Traurig wende ich mich flüsternd an einen Personalberater oder wie heißen die Menschen, die vom Personal sind und keine Zeit haben?
Egal, ich frage verschämt wo jetzt mein kleines Körbchen steht. Freundlich bekomme ich die Auskunft, dass diese Art der Vorteilsnahme abgeschafft wurde. Ob ich das nicht schon bemerkt hätte. Sie haben das doch am Eingang kundgetan.

Wahrheitsgemäß antwortete ich auf diese Frage: "Dort ist nur ein Zettelchen, das verspricht nun für die "Tafel" zu spenden.

"Ja, das ist es. Alle Waren, die dem Verfallsdatum nahe sind bekommt jetzt die "Tafel". Die freuen sich ungemein, dass sie nun alle Notleidenden unterstützen können". Bedeppert ziehe ich zur Kasse. Nie wieder preiswert einkaufen brummelt es hinter meiner Stirn. Nie wieder das ungeheuer lustvolle Gefühl ein "Schnäppchen" erwischt zu haben. Ich schlurfe heimwärts. Dieser Tag erforderte meine ganze Stärke.

Die Folgen? Die trafen mich härter als erwartet. Es gab keine Angebote mehr, die rote Aufkleber hatten. Es verschwand zeitweise ein Produkt nach dem Anderen aus dem Regal. Etwa vier Wochen lang musste ich es weiter entfernt kaufen. Dann plötzlich war es wieder da. Es war eine neue Marke geworden, eine neue Verpackung zierte mein ehemaliges Lieblingsprodukt und ein neuer Verkaufspreis prangte darunter. Jetzt konnte ich es nicht mehr kaufen. Aus die Maus! Das Kleingeld reichte nicht mehr.

Das Beste an diesem System dieser Warenbetreuung durch den Marktpächter leuchtete mir aber doch noch ein. Schuld war mein intensives Nachdenken und die Erfolgsmeldung der "Tafel", dass sie nun noch besser den Notleidenden helfen kann.

Mein endloses Grübeln zu diesem Fall ergab noch Folgendes: Der Markt ist jetzt "Im Gespräch", wie es Manager nennen. Der Pächter kann jetzt ein höheres Niveau der Preise halten. Denn um das Niveau geht es schließlich bei einem Einkaufsmarkt. Ich werde unauffällig zu täglichen Spenden animiert. Bisher hatte ich immer freiwillig gespendet und zählte zu denen, die Deutschland zum "Spendenweltmeister" machten. Jetzt beäuge ich etwas irritiert den weißen Transporter, der meine Lieblingshäppchen entführt.
Ob ich zum Fest etwas spende?
Wenn zu dieser Zeit noch etwas Kleingeld in meiner Hosentasche klimpert. Im Fall, dass ich nicht mehr ausreichend Häppchen in meinem Lieblingsmarkt einkaufen kann, gehe ich zur "Tafel" und erkundige mich dort nach deren Verbleib.
.

**Die Witwerbank**

Diese Bank steht schon Jahrzehnte dort. Die Holzlatten sind zerkratzt und etwas verwittert. Marco hinterließ ein geschnitztes Herz für Janina und auch die Sprayer versuchten sich hier schon mit ihren Tags.
Meist war die Bank unbeachtet. Manchmal konnte ich sehen, wie Frau Wollis aus dem Nebenhaus hier ihre schweren Taschen abstellte, um sich startklar zu machen für den Aufstieg in die fünfte Etage des Hauses.

Seit einiger Zeit geschieht dort aber mehr.
Wenn ich vormittags vorbei komme, sitzt dort bereits ein älterer Mann. Beide Hände hat er auf einen Krückstock gestützt. So, wie ich es schon in den Dörfern gesehen habe. Auch dort stand früher vor jedem Hof eine Bank für die Altbauern. Hier genossen sie ihr Altenteil.

In der großen Stadt ist so etwas selten zu sehen. Die riesigen Neubauten haben wohl keinen Platz für Bänke gelassen. Die Halbstarken duldeten diese kleinen Oasen auch nicht. Sie zerstörten die aufgestellten Bänke in den Jahren im denen sie heranwuchsen. So kamen diese kleinen Nachbarschaftstreffs bald in Vergessenheit.

Aber hier gab es noch dieses Relikt der Vergangenheit. Und seit einiger Zeit auch einen permanenten Nutzer. Die Vorbeikommenden grüßten freundlich. Er grüßte zurück. Wochenlang kann ich dieses Ritual beobachten.
Etwas verwundert sah ich eines Tages schon zwei Herren auf der Bank sitzen. Beide fast in gleicher Haltung. Die Blickrichtung war auch die Gleiche, nämlich in die Richtung Vorbeikommender. Kein Wort fiel zwischen beiden.

An einem Tag mit leichtem Nieselregen saßen bereits drei bemützte Männer dort. Das Wetter schien sie nicht zu interessieren. Ich stoppte meinen Fuß: "Ich glaube sie wollen noch wachsen" stellte ich grinsend fest.
"Da wird wohl nichts draus" murmelte einer und blickte in die vorbei ziehende Regenwolke. Ich setzte mich dazu. Wir schwiegen eine Runde. Nach einiger Zeit verabschiedete ich mich. Einer tippte an seine Mütze, als ich ging. So wie es Arbeiter tun.
Von jetzt an blieb ich öfter mal stehen oder setzte mich. Ein kleiner Wortwechsel über das Wetter und ich zottelte weiter.

"Was schleppst du da immer? Jeden Tag immer einen Beutel voll. Ich wollte schon immer wissen, was da drin sein könnte."
"Ach, nur so. Mein täglicher Einkauf für meine Frau und für mich. Für das Mittagessen und Getränke. Ich kaufe lieber täglich ein, seit wir das Auto verkauft haben. Und als Rentner habe ich etwas mehr Zeit dafür."

"Aha, noch verheiratet! Das war ich auch. Jetzt ist meine Lisbeth schon über ein Jahr unter der Erde. Sie kochte immer gut". Er strich sich über seinen mageren Bauch.
"Ich kann nicht kochen. Mal so ein Rührei oder ein Schnitzel, mehr geht nicht. Allein schmeckt's doch nicht."
Er verfiel wieder ins Schweigen.
Langsam mutierte die Bank zum Informationszentrum. Wir tauschten die Neuigkeiten aus. Sprachen über "die da oben" oder bedauerten andere Anwohner, die plötzlich mit Gehhilfen oder Krückstöcken vorbei kamen. Manchmal reichten die Plätze nicht. Immer wieder blieben Leute stehen, um einige Worte zu wechseln.

Im Winter wischte man einfach den Schnee von der Bank herunter. Die Kälte störte niemand.
Es wurde munterer in der Runde. Jeder schwärmte von seiner Holden. Was er für ein Glück hatte genau "Diese" zu erwischen. Aber er hatte sich natürlich auch sehr bemüht. Goldene Hochzeit hatten sie noch gefeiert, ehe sie ging. Die Kinder und Enkel alle gut gelungen. Man hatte im Rückblick doch alles richtig gemacht.

Streit? Ach, Streit musste auch mal sein. Aber im Bett war dann alles, wie immer - grinste einer. Was sie alles an Weiber verpasst hatten, erfuhr ich natürlich auch. Zum Schluss blieben sie allerdings bei ihrer Perle.
Fremdgehen? Aber doch nicht, wenn man so ein Schmuckstück zuhause hatte.
Klar doch Ich wohnte auch so lange in diesem Viertel wie diese Helden hier. Aus manchem Fenster hatte ich empörte Frauenstimmen vernommen. Wozu jetzt daran erinnern? Hier sortierte man alles Schöne im Leben.
Es gab auch Neuigkeiten zu erfahren. Jetzt wusste ich endlich, was der eine oder andere gearbeitet hatte. Man grüßte sich zwar Jahrzehnte, aber man wusste nicht viel vom Anderen.

Viele interessante Berufe kamen zu Vorschein. Einem Erzähler hatte ich diese hohe Qualifikation nie zugetraut. Er erweckte immer den Anschein, dass er nicht bis drei zählen könnte. Mein Hochmut wurde hier abgestraft.

Von jetzt an blieb ich öfter mal stehen oder setzte mich. Ein kleiner Wortwechsel über das Wetter und ich zottelte weiter.
Alle einte eine Erkenntnis nach den vielen Arbeitsjahren. Ohne sie wäre ihre Firma nie so weit gekommen. Sie waren eben die "Helden der Arbeit".
Ich blieb der Außenseiter. Immer noch schleppte ich meinen Einkauf bis zur Bank, verweilte für einige Wortwechsel und ging dann nach Hause
Zuhause wurde gekocht. Ich bekam mein gutes Essen.
Das weckte natürlich etwas Neid bei den "Bänklern". Sie forderten mich immer wieder auf meine Frau gut zu pflegen, sonst ginge es mir wie ihnen. Ich nickte jedes Mal zustimmend, wenn wieder eine Ermahnung kam.

Es gab aber auch "Schwund" auf der Bank, wie einer besonders witzig bemerkte. Manchmal war für einen von Ihnen die Lebenszeit zu Ende.
Oder wie man einhellig zustimmte, wenn einer sagte: "Allein auf der Welt macht auch keinen Spaß mehr."
Allein?
Auf dieser Bank war man nicht allein. Hier saßen doch immer Gleichgesinnte, deren Lebenslauf fast übereinstimmte.
.

## Der Dienstraum

Gibt es noch einen Dienstraum?
Einen Dienstraum kenne ich schon von Kindesbeinen an. Schon an Mutterns Hand betrat ich Dienträume. Immer wenn wir ein Anliegen hatten. Auf den Ämtern oder bei der Polizei, die nannten sie aber "Amtsräume".
Auf Bahnhöfen gab es Diensträume. Dort waren sie eine feste Einrichtung. Besondere Schilder an den Dienträumen machten auf die Wichtigkeit eines Dienstraumes aufmerksam:
- Betreten nur nach Aufforderung!
- Vor Eintritt bitte klopfen!
- Bitte nicht stören!
- Betreten nur für Personal!
- Ruhe!
- Melden Sie sich erst im Sekretariat an! (Bei Amtsräumen)

Es gab viele Anweisungen, die das Betreten eines Dienstraumes regelten. Alle waren mit einem Ausrufungszeichen belegt.
Ich wollte immer wissen was hinter diesen Türen passierte. Also fragte ich. "Sei leise, Junge. Wenn du so laut bist stört das und dann kommen DIE heraus und wir müssen gehen. Dann war das hier wieder umsonst".
Ich lernte, dass ein Dienstraum eine Stätte ist, in der alles leise ist. Manchmal hörte ich aber das Geklapper von Schreibmaschinen.
Oft kamen Frauen heraus die sich die Tränen aus den Augen wischten.

Mit dem Älter werden lernte ich auch Diensträume nutzen. Hier konnte ich fragen. Hier bekam ich die meisten "Nein" meines Lebens zu hören.
Immer, wenn ich nicht weiter wusste nutzte ich einen Dienstraum. Dort saßen Menschen mit umfangreichem Wissen.
Die bekanntesten Diensträume waren die, die es auf Bahnhöfen gab. Die Durchsagen verstand niemand weil eine Dampflok schnaufend einfuhr und an den Waggons die Bremsen quietschten. Nichts wie hin zum Dienstraum. Woher?- wohin?. Hier bekam ich Antwort. Sehr oft wurden mir auch noch die Anschlüsse gesagt, wenn ich mein Reiseziel nannte.

Anders neulich auf einem U-Bahnhof in Berlin. Auf meine Fragen wurde mir erst gar nicht geantwortet. Als ich etwas genauer erklärte kam eine Antwort die verwundert im Nachklang die Frage

transportierte ob hier überhaupt eine U-Bahn fährt. Ich entschuldigte mich und trat die Flucht in die nächste U-Bahn an.
Egal wohin - Hauptsache weg!
Hier wurde mir kein Dienst erwiesen.

Was bedeutet nun ein Dienstraum?
Wenn die Tür aufgeht sitzt drinnen ein Diener. Er dient mir. Ich habe das bisher angenommen.
Jetzt sind Diensträume Raritäten geworden. Sie werden immer weniger. Fast sind sie schon antik. Wären nicht die alten Aufschriften an den Türen wüssten Viele nicht, dass es einmal Diener gab.
Ja, wir konnten uns vor vielen Jahrzehnten noch Diener leisten.
Ich wusste immer, wo ich einen Diener finden konnte.

Die Zeiten haben sich und mich geändert. Ich bestehe nicht mehr auf dienen. Ich weiß gar nicht, ob das noch jemand lernt.
Die neue Zeit bringt Service. Serviceproducer, Serviceagent oder ähnlich. Ich weiß nicht wie diese Ausbildungsberufe heißen, die meine Einbildung ignorieren und mich zur Bildung auffordern.
Sie machen mir in kurzen Worten klar, wie viel Bildung mir noch fehlt um die notwendigen Antworten selbst zu finden.
Die letzte Auskunft, die ich einforderte endete so: "Sie haben doch ein Handy? Ich nickte. "Alles klar. Das halten sie jetzt da vor das Muster, das wie eine Briefmarke aussieht und fotografieren es. Dann... Ich erspare euch den Text. Ihr könnt das alles selbst.
Es war eine wirklich hübsche Servicekraft. Ich hätte noch stundenlang auf ihre roten Lippen starren können.

Worterklärung Dienst: Das Dienen, in Berufsarbeit stehen, jemand zu Diensten stehen...
Es gab sogar einmal einen Dienstadel!

An einem Dienst-Tag bin ich auch so faul wie an anderen Wochentagen.
Wozu dient eigentlich diese Geschichte?
.

## Du bist doch kein Waschlappen!

Ich konnte gar nicht zählen wie oft ich diesen Satz hörte als ich noch Kind war.

Verletzungen aller Art wurden mit diesem Satz abgetan. Auch wenn ich nur traurig war weil mir ein Verbot ausgesprochen wurde: "Sei doch kein Waschlappen". Das ging Jahre so. Ich wusste nicht so genau wie es aussehen sollte, wenn ich ein Waschlappen bin. Aber es musste etwas ganz Schlimmes sein. Mein Schwester hörte sich die Ermahnung auch an: "Heirate bloß keinen Waschlappen".

Der Mann von Tante Lene muss ein Waschlappen gewesen sein. So sagten jedenfalls meine anderen Tanten.
Jahre später legte sich der Verweis auf einen Waschlappen, wenn ich nicht der geforderten Norm entsprach. Da kamen andere Gleichnisse.
Heute habe ich mich auf die Suche nach dem immer zitierten Waschlappen gemacht. Kein Schönheit, aber friedlich am Haken hängend fand ich ihn.

Und ich konnte noch etwas feststellen: in weiten Kreisen meiner Verwandtschaft haben sie auch Waschlappen. Da kann doch ein Waschlappen nichts Schlechtes sein?
Ich werde die mahnenden Worte meiner Mutter als ungeeignete Erziehungsmaßnahme einordnen.
Ich habe auch, auf der Suche nach der Wahrheit, einen "Jammerlappen" gefunden. Als ich den sah, sagte ich zu mir: Das willst du nie sein!"
.

## Du kommst wohl aus dem Mus-Topf

Klatsch, das saß!
Diesen Satz hatte er oft gehört. Am liebsten sagen diesen Satz die älteren Geschwister.
Die Familie sitzt um den Tisch und alle plaudern durcheinander. Es wird immer lauter. Wer gerade mit wem spricht ist fast nicht mehr auszumachen. Nur er sitzt am Tisch und versucht der ganzen Diskussion zu folgen. Sein Kopf ruckt nach links, nach rechts. Er versucht den Faden des Gesprächs zu erhaschen. Aber der knäult sich immer weiter zusammen.

Hach! Ich hab's, sagt er sich.
"Das war doch damals als Tante Anneliese gerade..." wirft er laut in die Runde.
Abrupt wird er unterbrochen. "Bist du doof? Jetzt kommst du aber aus dem Mustopf! Das hatten wir doch schon vor Stunden geklärt."

Bedeppert sitzt er nun da. Was hat er denn nur verpasst? Eben war doch alles noch so klar?
Jetzt kreisen nur noch Fragezeichen im Kopf.
Am Tisch geht das Geschnatter wieder weiter. Jeder spricht mit jedem und alle miteinander. Aber wer spricht mit ihm?
Er hat den Faden verloren.
.

## Ein Gedächtnisprotokoll in 5 Kapiteln

*1 Kapitel*
'Mädchen ärgert man nicht'.
Diesen Satz bekamen Jungen, weit vor der Jahrtausendwende, ständig gesagt.
Ich hatte oft Schwierigkeiten diesen Satz zu beherzigen. Mitten im Spiel, wenn sich eine Gruppe aus meiner Straße zusammengerottet hatte quietschte plötzlich ein Mädchen los und ein ohrenbetäubendes Geheul signalisierte allen Müttern hinter den Fenstern, dass hier ein Mädchen gequält wurde. 'Mädchen ärgert man nicht. Könnt ihr euch nicht mal richtig benehmen ihr Rotzlöffel?'. Wir Jungs guckten uns prüfend an. Wer war das gewesen? Klar, niemand meldete sich. Es fühlte sich bestimmt kein Junge schuldig.
Einige Monate später hatte ich mich der Lisbet etwas angenähert. Wir spielten zwar noch nicht miteinander, aber ich durfte schon in ihrer Mädchengruppe "Hopse" spielen.
Wir Jungen hatten aber noch mehr Regeln zu beachten. 'Wenn du keine Freundin hast bist du selbst schuld, du Schlappschwanz'.
Ich war also selbst schuld. Ich musste das ändern.
Lisbet war aber auch niedlich. Lange Zöpfe und immer diese nette Schürze. Bei "Himmel und Hölle" gewann sie fast immer.
Ich pirschte mich an einem Tag mal etwas näher an Lisbeth heran und lud sie ein mit mir ein schön bebildertes Sagenbuch anzusehen.
"Mir dir spiele ich nicht!" meinte sie schnippisch. "Du hast mir damals den Medizinball so hart gegen den Bauch geschmissen!"

*2. Kapitel*
Ich war der Jüngste in der Familie. Mit fünf Jahren Abstand. Das Leben dividierte unsere Familie auseinander. Wir Geschwister sahen uns Jahrzehnte nicht. Die Politik wollte es so.

Beim ersten Wiedersehen nach dieser Ewigkeit guckte mich eine Schwester an und meinte: "Unsere Mutter hat dich lieber gehabt als mich. Ich kann mich noch erinnern, wie sie dir immer über den Kopf strich. Du hast auch immer die besten Happen bekommen".
Erinnere ich mich an diese Zeit, so fällt mir ein, dass ich mit meiner Nasenspitze noch nicht die Kante des Küchentisches erreichte. Hatte ich wirklich das Beste erhalten?

*3. Kapitel*
Die Sonne wird durch eine schwarze Wolke verdunkelt. Die ersten Tropfen fallen schon, als ich aus dem Bus steige. Eilig hetze ich über die Straße. Bevor der Wolkenbruch einsetzte hatte ich den Eingang zum Kaufhaus erreicht. Schwer atmend riss ich die Eingangstür auf als mich ein Regenschirm stoppte.
"Junger Mann, sie müssen sich nicht immer vor drängeln. Jetzt bin ich erst dran", meinte die gut gekleidete Dame neben mir. Woher kannte sie mich?

*4. Kapitel*
Wer gibt schon gerne zu, dass er Klassenbester ist. Das erzählt man höchstens seinen Kindern als Ansporn.
Wenn die Lehrerin etwas in die Klasse fragte riss ich meinen Arm hoch.
"Nein, Arno. Heute bist du nicht dran. Wenn ich dich 'ran nehme kommt niemand mehr aus deiner Klasse zu Wort. Du kennst schon das gesamte Lehrbuch auswendig. Die Anderen wollte auch mal eine Note."
In der nächsten Pause zischte die blonde Uschi: "Immer wenn ich ausnahmsweise mal was weiß preschst du vor. Oller Streber!" Sie vergaß das nie. Zu jedem Klassentreffen schmierte sie mir das aufs Brot.

*5. Kapitel*
Ich habe mir überlegt warum es so viele Singles gibt. Ein wichtiger Grund ist der Hochzeitstag. Männer vergessen ihn häufig und Frauen erwarten an diesem Tag besondere Aufmerksamkeit. Es ist schwer sich über Jahrzehnte der Ehe den Hochzeitstag zu merken. Immer nagen Zweifel an mir. War es der 22 oder der 24.? Der Monat wäre noch klar.

Da liegt immer Streitpotenzial in der Luft.
Aber in diesem Jahr habe ich rechtzeitig in der Eheurkunde nachgesehen. Meine liebe Frau strahlte.
"Naa? Hast du es doch noch nach den ganzen Jahrzehnten geschafft dir unseren Hochzeitstag zu merken? Damals, 1972, war ich richtig sauer als du unseren Hochzeitstag vergessen hattest". Ich guckte schuldbewusst.
"Ich gehe jetzt einkaufen, brauchst du etwas?" fragte sie mich etwas später.
"Ja, bring' mir bitte eine Verlängerungsschnur mit. 5 Meter".
"Sonst nichts? Das schaffe ich gerade noch".
Fröhlich verließ sie das Haus.

Da ich gerade eine Kurzgeschichte schrieb fiel es mir nicht auf, wie die Zeit verging.
Zum Abendbrot kam mein Liebling zurück. Sie packte allerlei Leckereien aus.
"Heute gönnen wir uns mal etwas. Ist schließlich unser Hochzeitstag. Wenn ich an so etwas nicht denke hätten wir nichts. Du vergisst das ja immer.
Ich räumte alles in die nötigen Behälter. Jetzt stutzte ich: "Wo ist die Verlängerungsschnur?"
"Vergessen Liebling. Schließlich kann ich ja auch mal etwas vergessen!"
.

**Ein Kreditrahmen fällt aus dem Rahmen.**

Dieser Trick war schon Anfang der 1970er Jahre bei einigen Teilzahlungsbanken gebräuchlich. Zu ihnen zählt auch das von Dir genannte Kreditinstitut - dessen Rechtsvorvorvorgängerin war die KKB (Kundenkreditbank)
Nun zur Erläuterung des Tricks:
Ein Kreditinstitut räumt ihren Kunden einen Kreditrahmen von x-Tausend € ein, ohne dass ihn ein Kunde/Kundin beantragt hat.

Frau Habenichts unterlässt es, einen gerichtsverwertbaren Widerspruch einzulegen. Nach Ablauf der Widerrufsfrist hat sie bei dem Institut einen vereinbarten Kreditrahmen von € 7.000,00 - und dieser wird der Schufa gemeldet.
Will Frau Habenichts aus irgendwelchen Gründen einmal die Bank wechseln, dann wird die neue Bank natürlich eine Schufa-Auskunft einholen und von diesem Kreditlimit erfahren. Da in der Zwischenzeit Frau Habenichts hin und wieder einmal € 1,00 oder € 2,00 überzogen hat, holt die neue Bank zur Sicherheit auch noch eine Bankauskunft bei dem alten Institut ein. Sie erfährt: Die Bedienung des Girokontos durch Frau Habenichts war bisher im Großen und Ganzen beanstandungsfrei. Wir stehen Frau H. mit einem Dispositionskredit in Höhe von € 7.000,00 zur Verfügung, der in wechselnder Höhe in Anspruch genommen wird. Nun ist Frau Habenichts "verbrannt". Sie bekommt von keiner anderen Bank mehr einen Kredit.
So kann sie einer ewigen und vertrauensvollen Zusammenarbeit mit ihrem bisherigen Kredit-Institut entgegensehen!
.

**Ein Loch**

Ein Haushaltsloch
Ein Loch ist ein Loch mit Nichts drin. Wenn die Sonne hinein scheint kann es ein Sommerloch sein.

Jetzt will ich nicht alle Arten von Löchern hier beschreiben. Ist ja doch nichts drin.
Am Beispiel Sommerloch ist es gut erklärt. Das kennt jeder.
   Besonders häufig wird jetzt das Wort Haushaltsloch benutzt.
Auch hier wieder die Bedeutung - nichts drin. Im Haushalt meine ich.
Die letzten Verwaltungen von Ländern und Gemeinden in Deutschland verabschieden noch schnell ihre Haushalte mit Loch.
Ich habe mir nun überlegt was wir mit so einem Haushaltsloch machen können.
Erst dachte ich an verkaufen. Aber wer es kauft vergrößert sein Haushaltsloch.
Zuschütten! Aber womit? Man könnte Geld hineinschütten.
Dann haben wir zwar kein Geld mehr, aber das Loch ist zu.

Der Blick aus dem Fenster brachte mir die zündende Idee.
Wenn wir schon kein Geld haben, so können wir doch Gold nehmen.
Jetzt werden aber die ewigen Grübler einwenden, dass das Gold eigentlich eine Geldreserve ist. Also auch Geld. Aber als Berg.
Schüttet man jetzt den Berg in das Loch dann ist es wie mit dem Geld - das Loch ist zu, das Gold ist weg. Das Geld haben wir aber noch!

Bis zum Ende überlegt könnte folgendes passieren: Wir verkaufen das, was wir gerade jetzt am meisten haben - den goldenen Sonnenuntergang.
Ich höre schon den Aufschrei. Wer will schon gern auf einen Sonnenuntergang verzichten? Nicht nur Liebespaare benötigen ihn. Auch das Alter braucht den Sonnenuntergang, bevor es untergeht.
Wir müssen aber den Gürtel enger schnallen. Jeder kann das Seinige dazu tun.
Ich rufe hiermit dazu auf, nicht den ganzen goldenen Sonnenuntergang zu verscherbeln, sondern nur die letzten drei Minuten. Die sehen Pärchen ohnehin nicht mehr.

Uns allen bleibt ein ausreichender Rest und das Haushaltsloch ist zu.

Wer kauft uns das ab?
Gesucht wird ein Käufer ohne Haushaltsloch! Er könnte damit sein Sommerloch füllen.
.

**Eine aussterbende Spezies.**

Gelbe Briefkästen.
Fast hundert Jahre genießen sie schon unser Vertrauen. Damals gab es viele Briefkästen. Bald an jeder Straßenkreuzung stand oder hing so ein Kasten. Als Kind rannte ich immer hin, wenn der Radfahrer mit dem Schnappsack aus Leder kam, den Sack in eine Schiene unten am Briefkasten schob und mit einem Kantschlüssel die Klappe öffnete. Es rauschte und plumpste in den Sack. Immer war ich traurig, dass ich nicht den Inhalt sehen konnte. Bis mir endlich mal ein "Postbriefkastenentleerer" (oder wie hießen die?) einen Blick in den Ledersack gewährte.
   Die Menschen schrieben viele Briefe und Karten. Der Krieg hatte wohl viele Familien getrennt. Als noch größeres Wunder sah ich aber das Fahrrad des Postlers an. Es war immer das Einzige im ganzen Viertel. Alle anderen Fahrräder standen in den Kellern um sie vor Augen der 4 Schutzmächte zu schützen. Und es war gelb. Vielleicht eine Schutzfarbe?

Langsam aber unbeirrt verkrümeln sich diese kleinen und großen Bewahrer von Geheimnissen aus dem Stadtbild. Der moderne Nutzer von Postbriefkästen verschickt kaum noch liebe Grüße - außer er befindet sich im Ausland und schreibt: "Hier war ich auch". Dieser Gruß erreicht den Empfänger zwar 14 Tage später als der Schreiber, aber es ist Post. Ach ja, Ämter und Rechnungssteller benutzen noch den Postweg. Aber sie benötigen keinen Postbriefkasten.
Jetzt gibt es noch rote, blaue und grüne Kästen. Auch sie werden sterben.
Taubenzüchter! Eure Stunde naht! Trainiert mal schon eure Brieftauben!
.

## Eine liebevolle Mama

Da saß ich nun wieder einmal in meinem Stammcafé. Die Serviererin brachte ohne Aufforderung meine gewünschten Leckereien. Natürlich! Ich bin doch Stammgast.

Ich wünschte mir schon gar nichts mehr laut. Ich kam ins Café und setzte mich, nachdem ich freundlich in Richtung Tresen genickt hatte. Es kam ein freundliches Nicken zurück. Wie immer und wie an allen Tagen, an denen ich hier verkehrte.

Wenn mir meine "Kaffeetante", wie ich sie für mich nannte, meine Auswahl hingestellt hatte, begann ich erst einmal alles sorgfältig zu inspizieren. Aber es war wie immer: Kaffee (schwarz und kräftig), der Keks am Tellerrand, das Petit Four und das Pralinchen (gefüllt mit einer Kirsche und etwas Likör). Jetzt konnte der Genuss beginnen. Vorher aber noch ein dankendes Lächeln in Richtung meiner "Kaffeetante". Es ist gut, wenn man sich kennt und nicht viel Worte braucht, um sich zu verstehen.

Es hätte jetzt Stille im Café sein können. Etwas Löffelgeklapper, wenn die jungen Gäste ihre Getränke mit dem Löffel umrühren und dabei fast die Tasse zerschlagen, aber sonst? Sonst waren wir alles gesetzte Herrschaften hier. Wir wussten, wie man einen Kaffee umrührt. Das wurde uns damals noch mit Vaters Klaps auf den Hinterkopf antrainiert.

Ach ja, die heutige Jugend, wohin führt uns das noch? So höre ich es öfter von den Nebentischen. Komisch, dass ich das schon seit meiner Jugend höre. Heute, einige Jahrzehnte später hat noch niemand einen neuen Satz geprägt. Ich sollte mal darüber nachdenken, warum wir so bedenkenlos Überholtes übernehmen. Jugend plappert und klappert eben.

Es waren nur zwei Tische in einer Nische, in der ich saß. So konnte ich zwar zum Buffet sehen, aber nicht das gesamte Café überblicken. Schade. So konnte ich nur hören, wie eine junge Stimme gefühlvoll sprach, was jeder gern hört. Sie nannte ihr Gegenüber "Mein süßer Schatz", "Du lieber Racker", "Mein Schätzchen", sogar "Mein kleines Scheißerle" war dabei. Sagt man so etwas? Jedenfalls sagte die liebe Stimme so etwas. "Komm zu Mama", "Du bist doch Mamas Bester", "Willst du Küsschen?" Sie steigerte sich. Als Antwort vernahm ich nur Schmatzen.

Schade, dass ich nicht gemeint war. Ich stellte mir vor, wie sie gerade ihren süßen Nachwuchs mit süßen Kleinigkeiten verwöhnte. Ich sah sein schokoladenverschmiertes Gesicht schon ganz nah vor mir. Ach wie lieb. Hatte mich meine Mama auch so verwöhnt?

Nach meiner üblichen halben Stunde zahlte ich und ging langsam Richtung Ausgang. Verstohlen blickte ich in die Nische neben mir. Aber was sah ich dort? Ich bekam doch einen kleinen Schreck.
    Die liebe Mama hatte auf der einen Seite einen Kinderwagen stehen, in dem ein Kleinkind zappelte, strampelte und verlangend seine kleinen Ärmchen nach der Mama ausstreckte.
Auf der anderen Seite der lieben Mama saß ein kleiner Hund. So einer, mit dem man Staub wischt, wenn man keinen Mopp zur Hand hat. Jedenfalls viel Haare, wenig Beine und große Augen. Er hieß nicht Cäsar, sondern ... siehe oben!
    Dieses kleine Bündel Haare wurde gerade mit dieser einmaligen, wunderbaren Sahnetorte meines Cafés gefüttert. Rund um seine Futterluke war schon alles mit Sahne verschmiert. Mama leckte sie ab und zu etwas sauber, um dann neu zu füttern.

"Nanu, heute keine Eile?" Ich erschrak. Ich stand meiner "Kaffeetante" im Weg. Noch ein Blick zu dem Bild mit den verlangend ausgestreckten Ärmchen und der beschmierten Hundeschnauze und ich verließ mein geliebtes Café.
.

**Es muss nicht immer ein Auto sein**

Ich habe es immer gern gehabt, wenn ich in meinen Autos einen Motor hatte, der es auch schaffte, die zulässige Höchstgeschwindigkeit auf Autobahnen lässig zu ignorieren. Etwas fester mit dem Fuß gedrückt und ich hörte endlich die Maschine, die sonst vor lauter Geschwindigkeitsbegrenzungen fast am Einschlafen war.
Die Polstersessel vermittelten das Gefühl des Reisens. Ich fuhr nicht mehr, ich reiste.

Jahrelang frönte ich so meiner Reiseleidenschaft. Hinten im Fond zeichnete die Enkelin bunte Bilder von der vorbei fliegenden Landschaft. Neben mir saß die schönste aller Frauen und zählte die blauen und roten Schilder, die ich geflissentlich außer Acht gelassen hatte.
Ab und zu warf ich lässig den Satz hin: "Würde ich mich nach jedem Verkehrsschild hier richten, wären wir noch hundert Kilometer zurück. Die Schilder sind doch für die Fahranfänger. Da sind sie auch angebracht. Die sollen doch erst so gut fahren lernen wie wir reiferen Fahrer."

Am Ziel angelangt rühmte ich mich nie der hinter mir gelassenen Schleicher. Da haben sie hunderte PS unter der Haube und nutzen sie nicht. Schön blöd. Ich guckte nur auf die Uhr und sagte: "Na? Das klappte wieder einmal. Jetzt haben wir eine Stunde mehr vom Tag. Die Erholung kann beginnen".

Viele Jahre, viele eingesparte Stunden.
Mit den Jahren veränderte sich aber etwas. Rein äußerlich, meine ich. Ich kaufte neue Autos. Sie hatten noch mehr Power. Auch das Knurren meiner Begleiterin wurde jetzt immer lauter. Die Motoren leiser. Je größer die Motorenleistung, desto weniger Benzin verbrauchte das Auto. Das rechnete ich wortreich meiner lieben Frau vor. Ist doch jedem klar. Die neuen größeren Motoren verbrauchten schließlich nur so viel Sprit, wie vorher die kleinen Maschinen. Das spart! Oder?
Noch etwas war verändert.
Immer wieder passierte es mir jetzt, dass mich andere Autos überholten.
Ich war doch gar nicht der typisch, alte Herr mit Hut, der ein altes Automodell steuerte. Ich saß doch fast auf einer Rennmaschine. Und trotzdem überholten sie mich. Junge Leute. Kaum

Erfahrung. Vielleicht noch mit Genehmigung der Eltern unterwegs. Was war da los?

Mein Schatz erklärte es mir mit nur einem Fingerzeig. Sie wies auf die geschrotteten Autos an den Bäumen oder am Chaussee-Rand. Sie zählte auch immer die Holzkreuze in den Alleen mit. Eine Bosheit besonderer Art erfuhr ich auf Frankreichs Straßen. Da hatten sie schwarze Blechmänner aufgestellt und mit Zahlen versehen. Auf einem schwarzen Mann stand tatsächlich die Zahl 179. Da zitterte mir doch etwas der Gasfuß. Einer Bemerkung meiner Reisebegleitung entgegnete ich nur. "Hier wird schon seit der Römerzeit gezählt. Hier zogen doch die Kohorten durch".
Den Einwand: "Die hatten aber keine Autos" wischte ich mit der Frage beiseite: "Denkst, die kannten keine PS?". Ihr wisst! Es folgte ein Knurren von der Beifahrerseite.

Immer wieder und immer öfter wurde ich jetzt überholt. Es war frustrierend ewig die gezeigten Stinkefinger zu sehen. Reichte es nicht, dass ich auf der Verliererspur fuhr? Ja, ja immer rechts fahren. Seit ich das machte, wurde ich nur noch überholt. Einen Grund suchte ich nicht mehr. Ich ließ mich von denen Überzeugen, die da sagten, dass ein Abonnement bei den Öffentlichen Nahverkehrsmitteln viel billiger ist als ein eigenes Auto.

## Freundschaft zwangsweise?

Wie soll dein Freund sein?
Soll er bleiben, wie er war oder musst du ihn erst umerziehen, wenn er sich annähert? Musst du ihn deinem Willen unterordnen, ihn zurechtbiegen, traktieren und massakrieren? Ist er erst dann dein Freund, wenn er dich anbetet und jedes deiner Worte Labsal für sein Herz ist?

Kleine Ohnmachtsanfälle waren früher, berichtet die Literatur. Das wäre nichts Neues um jemand zu beeindrucken. Auch ein zukünftiger Freund war mal ein Leser. Er kennt die Machenschaften mit dem fallenden Taschentuch oder dem dekorativen Ohnmachtsanfall, mit dem die herbeieilenden Freunde trainiert umzugehen wussten. So konnte alle Welt sofort erkennen, wie es um die Freundschaft stand.

Noch früher, in den besonders harten Zeiten, galt der gegenseitig geleistete Beistand als Freundschaftsbeweis. Man konnte ihn einfordern, wenn Gefahr drohte oder er wurde freiwillig geleistet, weil bereits eine Schuld bestand, die es zu tilgen galt.
Wie geht das in der Gegenwart?
Ich weiß es nicht genau.

Entsteht Freundschaft durch gemeinsamen Tun und Erleben? Oder nur durch Twittern? SMS? Flashmob? Blog?
Es soll aber auch anders gehen, miteinander befreundet zu sein. Leider konnte mir das bisher niemand glaubhaft erklären. Die Berichte endeten meist mit der Bemerkung: "Das kam halt so und jetzt sind wir schon viele Jahre gute Freunde. Wir verlassen uns aufeinander".

Es sind doch für die meisten Freunde die Kinderjahre vorbei, als das Nachbarkind oder der Spielkamerad einfach fragte: "Willst du mein Freund sein?"
Freundschaft für Erwachsene ist schon etwas ernster, fordernder, aber auch gebend.
Was gibt mir aber eine Freundschaft oder wie kann ich mich in einer Freundschaft bewähren, in der das Gegenüber bei jedem Satz, den ich sage, überlegt ob das Gesagte nun eine schwere Beleidigung oder eine Forderung, eine Zurechtweisung oder ein Lob ist.
Ich kann dann anschaulich erleben, wie es hinter der Stirn arbeitet. Kommt ein leichtes Grinsen hatte ich Glück. Ich kann

weiter sprechen. Oft sind meine Reden, trotzdem sie dem deutschen Sprachschatz entstammen und garantiert kein beleidigendes Wort der bekannten Art enthalten Angriffe auf mein Gegenüber. Das führt zu Tränen, Verstimmung, bis zum Verlassen des Raumes. Beim Zurückkehren wird noch etwas an den Augen gewischt und ein Gesicht gemacht, das mir deutlich zeigt, dass wir niemals Freunde werden können. So etwas passiert natürlich nicht zu oft.
    Bei jedem Zusammensein nie öfter als vier- bis sechsmal. Kann ich mich also in der Hoffnung wiegen, dass da wirklich noch etwas Vertrauen entsteht oder ist hier der oben erwähnte Erziehungsprozess in modernerer Variante zu erkennen? War das schon ein Eklat oder nur eine Verstimmung?
Ich weiß es nicht. Das mit der Freundschaft muss wohl außerhalb meines Wissen und Könnens liegen.

Im Moment fühle ich mich wie ein Wanderer auf einer Hängebrücke, hinter dem gleich jedes Brett bricht, das er gerade betreten hat. Nun wird wohl auch gleich der Augenblick kommen, wo auch vor ihm einige Bretter wegbrechen. Die Sicherheit schwindet. Wohin treten? Zurück geht es auch nicht mehr!
"Wir wollen Freunde sein!"
"Wir wollen Freunde werden?" Diese Frage kommt doch vor der ersten Frage?

Wann wurde sie gestellt?
Ich versuche mein Gegenüber durch gezielte Fragen aus der Deckung zu holen, aber es gibt als Antwort nur Gegenfragen. Das überzeugt mich, dass ein einseitiges Kennenlernen die Folge sein könnte, aber niemals eine Freundschaft entsteht.

Was sollen mir die kleinen Ohnmachten sagen? Ich lasse mich damit nicht erziehen oder manipulieren. Klare Worte statt Zicke. Selbstbewusstsein statt kindliches Verhalten, wären mir lieber. Man sagte mir schon öfter, dass manche Menschen nicht erwachsen werden wollen. Sie spielen immer Kind, um sich geborgen zu fühlen. Jetzt glaube ich es auch, dass es diese Menschen gibt.
Es soll aber auch Freunde geben, erzählte man mir.
.

**Gehen wir wählen!**

Dem Ingold, einem alten Kumpel von mir, kann man einfach nicht ausweichen. Lauert er mir auf oder sind das immer Zufälle, wenn er mich mit weit ausgebreiteten Armen nach wenigen Schritten empfängt, kaum dass ich aus dem Haus getreten bin. Ich werde es wohl nicht ergründen. Jedenfalls steht Ingold grinsend da.
Die Bezeichnung "Alter Kumpel" kann man wörtlich nehmen. Er ist bereits über 70 Lebensjahre ... äh, ich stelle gerade fest, dass er eigentlich noch fast in der Mitte seines Lebens steht. Hat er doch das gleiche Geburtsjahr wie ich. Jedenfalls ist er zwei Monate älter als ich. Das kann etwas Gutes sein, wenn er die zwei Monate nutzte um mehr Einsichten zu erlangen. Hat er das getan? Manchmal zweifle ich daran. Bleiben wir dabei: Er ist älter, aber nicht voller Einsichten. So unterscheiden wir uns, trotzdem wir die gleiche Biermarke trinken und beide keinen Fußball mögen. Und den gleichen Frauentyp haben wir auch nicht geheiratet.
"Da sei Isolde und Gott vor, dass wir die gleichen Frauen haben" ist sein Standardsatz. Die Reihenfolge seiner Götter ist schon merkwürdig.
"Deine Frau ist so undemokratisch!" Typisch Ingold. Darf sich nicht mal die Farbe seiner Unterhosen aussuchen, aber andere kritisieren. Wie sagt seine Isolde immer? "Bloß nichts Kariertes, das erinnert mich immer an den großen, rothaarigen von damals". Sofort blicken ihre Augen verklärt und sie bekommt eine Gänsehaut.
Ich getraute mich nie zu fragen, ob er karierte Unterhosen getragen hatte oder einen karierten Rock. Ich glaube das nennt man Kilt? Bei Isolde weiß man nie, was man darf. Sie stellt täglich die Fettnäpfchen um. Deshalb erwische ich immer eines davon.
Jetzt beschäftigte mich aber Ingolds Behauptung, dass mein Schatzi undemokratisch ist. Pfiffig, wie ich immer bin, erklärte ich nicht unsere innereheliche Demokratie, sondern fragte geschickt Ingold: "Wie sieht denn eure Demokratie aus?"
"Äh ehm eh, das ist aber mal ne Frage".
Ich nickte.
"Ja, wie erkläre ich dir das? Demokratie kennst du?"
"Ja, das tauchte mal in der Schule auf. Ich hatte es klein geschrieben. Da plusterte sich die Lehrerin richtig auf und legte los: "Die Demokratie ist die so genannte Volksbestimmung. Alle reden durcheinander und dann kommt etwas heraus, dass man

eine Volksmeinung nennt. Da alle mitreden durften nennt man es Demokratie. Wenn ihr mal Latein habt, werdet ihr das Wort noch öfter hören. Und so ist es eben. Demokratie sieht man nicht. Es unterscheidet sich von den anderen Dingwörtern, dass es zwar groß geschrieben wird, aber unsichtbar ist. Während man viele Dinge sieht und sie groß schreibt. Da wäre noch die Freiheit. Auch so ein Dingwort, das kein Ding ist, jedenfalls nicht sichtbar und trotzdem groß geschrieben wird. Wie wir sehen, sieht man Freiheit und Demokratie nicht, aber sie sind groß!"

"Ja, siehste, Das ist Demokratie. Wir beraten beide und dann bestimmt Isolde was gemacht wird."
"Ne ne, das ist Kommunismus. Kollektive Beratung und Einzelentscheidung".
Ingold schluckte. Das war starker Tobak für ihn. Er und Kommunist? Das war doch ein Schimpfwort, das die Demokratiegegner immer benutzten. Und bei ihm im Haus hatten sie auch mal einen Kommunisten wohnen. Immer wenn der nach Mitternacht angetrunken nachhause kam brüllte er schon im Treppenhaus: "Wacht auf verdammte dieser Erde!" Das gab immer einen Riesenkrach, wenn sie aus allen Wohnungen "RUHE" brüllten. Aber sonst war er harmlos. Nie trug er eine rote Fahne. Seine Nase wurde nur mit den Jahren roter.

Ingold war jetzt völlig durcheinander. Als ich noch darüber nachdachte, wie ich ihm entrinnen könnte sagte er noch zwei Sätze, die mich auf dem Straßenpflaster fast festnagelten: "Wir sollten jetzt ein Bier trinken" und "Bald haben wir Wahlen, dafür benötige ich deine Hilfe".
Ich, als Wahlberater und das mit Freibier? Ingold musste wirklich Probleme haben.
Als ich mir den Bierschaum von den Lippen wischte sagte ich interessiert: "Leg mal los, was das für Wahlen sind. Hat dich Isolde vor die Wahl gestellt "Ich oder Keine!" oder sagte das deine Busenfreundin, ich meine die mit den beiden Möpsen im Arm?" Ingold zog die Augenbrauen hoch. Deshalb korrigierte ich schnell: "Die du mir damals gezeigt hast. Die hatte solche, äh ... du weißt schon ..."
"Ach, das meinst du. Nein die beiden kennen sich nicht. Und Marion stellt keine weiteren Ansprüche als einmal in der Woche nach ihrem PC zu sehen, weil der immer solche blauen Bilder zeigt. Mir ist aber aufgefallen, dass das immer mittwochs passiert. Denkst du, dass die Software einen Kalendertick hat?"

Ingold guckte mich fragend an. Ich nickte bejahend.
"Dann ist ja gut. Ich dachte schon, dass es mit ihrem Mann zu tun hat. Der ist doch mittwochs nachmittags immer zur Schulung. Aber jetzt hast du meine Zweifel ausgeräumt".
Ich zeigte auf mein leeres Glas und Ingold orderte pflichtbewusst beim Wirt.

"Also, was ist das für eine Wahl?" drängte ich nun.
"Wir hatten doch vorhin von Demokratie gesprochen ..." Ich nickte.
"Und Isolde und ich haben auch so eine Demokratie beschlossen. Schon vor vielen Jahren". Ich nickte.
"Jetzt stehen wieder Wahlen an. Fünf Jahre sind herum. Ich nickte.
"Wir müssen jetzt eine neue Regierung wählen". Ich schüttelte den Kopf.
"Doch, doch!" Nickte Ingold.
"Aha". Ich wischte mir wieder über die Lippen. Freibier schmeckt irgendwie anders. So leicht. So gewissenlos und sparsam. Ich nickte.
"Warum nickst du jetzt. Ich habe doch gar nichts gesagt?" Ingold sah mich böse an. "Kannst du denn überhaupt noch folgen?"
Hier zeigte ich ein heftiges Kopfnicken. Beinahe hätte ich dabei das Bier verschüttet, da ich das Glas an den Lippen hatte. Freibier!

"Ich glaube du verstehst gar nichts. So etwas nennt sich Vertrauter oder Kumpel". Ingold war jetzt verschnupft.
Ich musste jetzt etwas sagen, sonst versiegte die Quelle aus der solches Labsal tropfte.
"Weißt du eigentlich, dass selbst nach drei Bier, das letzte immer noch besser schmeckt als das Erste?"
Jetzt funkelte Ingold und hob den Arm. Er winkte mit einem Zwanziger zum Wirt. Oje. Ich rappelte mich zu einer alles rettenden Frage auf: "Du musst mir das erklären mit eurer Demokratie. Ich kenne das nicht. Ihr wählt in eurer Familie eine Regierung? Habe ich das richtig verstanden?"
Ingold senkte den Arm und sah mich erstaunt an. "Du hast also doch verstanden, was ich sagte?" Ich nickte.
"Das mit dem Kopfnicken solltest du sein lassen" schimpfte Ingold. "Wenn du noch einmal nickst, dann kannst du nie wieder nicken". Ich hielt erschrocken meinen Kopf gerade.
"Na bitte, geht also!" Ingold steckte den Zwanziger weg. Das beunruhigte mich doch etwas. Was wäre, wenn er vergaß ihn

noch einmal hervorzuholen? Ich merkte mir die Tasche, in die er das Geld gesteckt hatte.

"Es stehen Wahlen an: Regierungschef/In, Finanzminister/In, Außenminister/In, Verteidigungsminister/In und noch einige weniger wichtige Ämter, die es jetzt besetzen gibt. Du musste mich jetzt beraten, wen ich wählen soll."
"Oha!"
"Was oha?"
"Ja weißt du, da musst du erst richtig beraten werden. So wie von mir. Dann gründest du noch eine Lobby; dann brauchst du noch einen Wahlsprecher. Eine Partei bist du ja schon. Und du bist einstimmig nominiert?"
Ingold nickte.
"Klar, jetzt hast du die wichtigsten Hürden schon genommen. Das mit der Lobby und den Wahlsprecher mache ich natürlich. Und hier wo wir sitzen ist auch das Lokal meiner Wahl. Verstanden?
Ingold nickte.

"Jetzt brauchst du ein Wahlprogramm. Erinnere dich bitte an alle leeren Versprechungen, die du Isolde jemals machtest und bereinige diese, indem du alles weglässt, was Geld kosten könnte. Wenn du nämlich nicht Finanzminister wirst hast du ein Problem. Hast du das alles im Kasten beginnst du mit der Wahlbestechung. Da du deine Gegnerin natürlich nicht bestechen kannst versuchst du es bei mir.

Jetzt kommt der schwierige Teil. Die Lobby. Klar gehöre ich dazu, aber es schadet nichts, wenn auch andere Personen deiner Gegnerin klar machen, welch bedeutender Akt in eurer Familie stattfinden könnte, wenn du die Wahl gewinnst.
Wer sitzt denn noch auf eurem Regierungsbett?"
"Regierungsbank! Das schrie Ingold fast. Drei Bier sind wohl zu viel?"
Es dauerte bis in den Abend hinein, ehe das Wahlprogramm klar in Ingolds Kopf verankert war. Inzwischen klagte der Wirt über beginnende Plattfüße und die Köchin bat um eine Gesamtbestellung von Schnitzel und Bouletten, da sie der Meinung war, dass es Energieverschwendung sei für jede Kleinbestellung die Pfanne heiß zu machen. Sie war zuhause bestimmt Energieministerin.

Ich machte noch schnell ein Foto von Ingold für das Wahlplakat. Die etwas ausdruckslosen Augen habe ich später retuschiert. 50x70! Ein Hammerportrait von Ingold. Ingold war jetzt schon der Wahlsieger. Jedenfalls in meinen Augen.
Aber erst galt es noch zu bezahlen. Ich zeigte Ingold die Tasche in die er den Zwanziger gesteckt hatte, der ihm beinahe an der Rechnung gefehlt hatte.
Erfreut über den guten Ausgang der Wahlversammlung mit gleichzeitiger Erarbeitung des Wahlprogramms, verabschiedeten wir uns.
Ich holte noch schnell die Brötchen, die ich versprochen hatte mitzubringen, auf dem Weg zur Zeitungsbude.
Zuhause bekam ich aufgewärmte Schnitzel und die Bemerkung: "Komm nächstens pünktlicher, sonst bekommst du gar nichts. Die Brötchen solltest du zum Frühstück mitbringen!".
"Ach, liebes Schatzi, du bist immer so besorgt um mich" seufzte ich still.

Ich sah den Ingold ewige Zeiten nicht mehr. Aber, wie immer fing er mich eines Tages fast vor der Haustür ab. Sein Gesicht zeigte so eine Art innerlichen Stumpfsinn, seine Stirn zwei, drei tiefe Kerben.
Besorgt erkundigte ich mich nach seinem Befinden.
"Alles beim Alten!" Kam die knappe Antwort.
"Wie alt? Was meinst du?"
"Na, die Wahl! Weißt du nichts mehr? Warst wohl voll wie eine Radehacke damals?" Ich nickte.
"Wir hatten doch Wahlen, die Isolde und ich. Weißt du noch?"
"Jaa, da war was. Demokratie? Wahlen? Wer macht was im Bett. Richtig?"
Au! Der Ingold wurde gemein. Mit der flachen Hand vor die Stirn. Kein Wunder, wenn mein Kopf nicht mehr so fest sitzt.
"Nickst du schon wieder?"
Ich raffte mich zu einem Kopfschütteln auf.
"Um es kurz zu machen. Trotz unserem klasse Wahlprogramm. Meinen Versprechungen und meine Bestechungsgelder an meinen Wahlmanager hat es nicht geklappt. Isolde hat alle Ämter schon wieder inne. Wie immer" zuckte er mit den Schultern.
"Oh. Aber du hast doch schon Erfahrung als Opposition" stellte ich fest.
Ingold nickte.
"Im Unterschied zu den früheren Wahlperioden habe ich aber ein schwieriges Problem".
"Das wäre ...?"

"Ich werde jetzt angeklagt wegen Wahlfälschung!"
"Waaat?"
"Doch. Du hattest doch das Wahlplakat gemacht. Und auf dem hast du mir ein blaues und ein braunes Auge verpasst. Ich habe aber grau-grüne Augen. Dämlack!"
"Ingold! Sieh das mal ganz locker. Du kennst mich. Kann es jemand Besseren geben, der die Wahrheit dort findet wo es niemals eine Wahrheit gab? Ich lasse dich nicht in deinem Elend sitzen. Ich werde dich verteidigen!"

Ingold sah mich entsetzt an und fühlte in seiner Westentasche nach etwas und rannte einfach ohne Gruß weg.
Ich schüttelte den Kopf.
.

## Gestern befand ich mich in höchster Gefahr

Im Stadtverkehr mit dem Fahrrad oder Auto fahren ist schon anstrengend. Ständig Schilder - Hunderte. Und Ampeln. Die Wartezeit an den Ampeln nutzt jeder anders.

Meist kann ich mich über die Vermögensverhältnisse des vor mir Wartenden informieren.
Welchen Handytyp benutzt er gerade in der Wartezeit. Wie viel Kinder fahren mit und wie heißen sie. Dabei ist mir nicht entgangen, dass der Name der Kindesmutter auf der Heckscheibe nie genannt wird.
Die Heimat des Fahrers und der Autohändler. Die Reifenbreite. Den bevorzugten Treibstoff. TDI oder Hybrid. Hubraum. Interessant sind auch die Aufkleber von bevorzugten Reisezielen. Ob das Auto auch dort war? Oder nur der Fahrer?
Ich gerate ins Sinnieren...

HUUUUUUUUP! Ich schrecke hoch. Ach ja, die Ampel zeigt grün. Wie lange schon?
Aber wo ist die Gefahr? Ich gucke mich lange und aufmerksam um, sehe nichts und fahre los. Ich kann keine Gefahr erkennen.
Mein Auto hat auch eine Hupe. Ich benutze sie nie, da ich jeder Gefahr ausweiche.
Die hatte mir der Händler gezeigt, weil ich sie nicht fand. Klug versteckt, aber nie benutzt.

Nun sind die Zeiten vorbei, dass vor jedem Motorfahrzeug ein Mann mit einer roten Fahne laufen muss. Das würde kein Sprinter mehr schaffen. Daher blieb von diesem Gesetz nur noch die Hupe übrig. Damit sollen andere Verkehrsteilnehmer vor Gefahren gewarnt werden, steht in einer Verordnung.

Es muss wohl viele Gefahren in unserem Land geben. Besonders gefährlich muss es sein, wenn die Ampel auf "Grün" schaltet.
.

## Guten Morgen Frau Müller

Wir gehen immer gemeinsam. Meine Frau und ich. Der Volksmund lästert schon: "Sie beide gibt's auch nur im Doppelpack". Auch einkaufen. Je nach "Küchenlage" vormittags oder nach dem Mittagessen. Ist nicht weit und man trifft Leute. Ein kleiner Plausch auf dem Hinweg - ein kleiner Plausch auf dem Rückweg. Dann kennen wir die neuesten Heilbehandlungen, Erkrankungen und Todesfälle. Bringt ja das Fernsehen nicht. Und dann sagen sie immer sie bringen aktuelle Nachrichten.

Ja, ja ich gucke sie trotzdem TV. Ein schöner neuer Busen, Sex auf der Treppe, die neue Frisur von Frau W. Immer wieder spannend. Aber die Lokalnachrichten laufen nur über den Sender: "Nachbarschaft". Übrigens drahtlos. Sozusagen WLAN.

"Sie haben aber einen netten Mann, Frau Müller!"
"Ja?"
"Wirklich! Ich sehe das ja immer, Frau Müller. Andere sagen es auch. Immer wenn ich sehe wie sie vom Einkauf kommen trägt ihr Gatte den Einkauf. Er geht auch mit, wenn der Müll runter muss. Er hat ja immer den Schlüssel und macht ihnen den Container auf. Und auch zum Flaschencontainer geht er mit.

Wenn ich mal rein zufällig aus dem Fenster sehe habe ich immer das gleiche Bild. Sie Beide nebeneinander den Weg entlang. Ich rätsle dann immer mit meinem Mann wohin es dann wieder für sie geht. Sie sind ja bekannt dafür, dass sie täglich etwas unternehmen.
  Aber immer wieder sage ich zu meinem Mann, dass er sich mal ein Beispiel nehmen soll an ihrem Mann. Meiner grunzt nur etwas Unverständliches. Jeden Tag schleppe ich seine Bierflaschen. Und dann noch die Treppen hoch. Ich kann das bald nicht mehr. Entweder er trinkt aus der Wasserleitung oder holt sein Bier selbst.
Aber nichts für Ungut, Frau Müller. Ihr Mann hält immer noch tapfer den schweren Einkauf. Einen schönen Tag noch für sie Beide".
Wir grüßten freundlich zurück.

"Musst gar nicht wie ein Honigkuchenpferd grinsen" wendete sich meine liebe Frau Müller an mich. Ist mir auch schon aufgefallen, dass du mir immer den Einkauf abnimmst, ehe wir in unsere Straße einbiegen.

Jetzt weiß ich auch warum".
.

**Haare am Mann sind out**

Die letzte Umfrage zu wichtigen Angelegenheiten, die direkt unser Leben betreffen, sagt: Männer mit Haare auf der Brust sind Auslaufmodelle. Nicht mehr auf dem Markt der Eitelkeiten zu vermitteln.

Hier muss ich einmal zurück in meinen Lebenslauf.
War das schön, als wir uns kennen lernten - meine Frau und ich. Die ersten Küsse, das erste "Du". Zärtlich drückte ich sie an mich und strich ihr über das Haar. Irgendwann (Natürlich viel, viel später) strich sie mir über die Brust. Sie kicherte und zählte bis drei. Ich versuchte es zu ignorieren.
Aber Frauen sind beharrlich. Haben sie etwas gefunden, wollen sie es behalten und besonders aber das "Woher" und "Wohin" wissen.
  Damals irritierte es mich, wenn sie immer wieder zählte. Heute weiß ich es: Sie war stolz. Stolz einen echten Kerl erwischt zu haben. Später ließ ich mir noch einen Bart wachsen. Der wurde zwar akzeptiert, wurde aber nicht so sehr beachtet, wie die ersten drei Brusthaare. Seufz. Ja, so war das damals. Inzwischen schwinden die Kopfhaare.
Der Kommentar "Wenn der Verstand kommt..." hilft nicht wirklich über die verspätete Midlifecrisis hinweg.

Ein haariges Thema letztendlich. Die befragten Frauen waren fast einhellig der Meinung: nur noch Mann ohne Haare!
Ich muss ja nicht nur treu bleiben, weil meine Frau mir jeden Umgang mit anderen Frauen untersagt hat, sondern weil ich noch behaart bin (bitte nicht weitersagen). Im Fernsehen zeigen sie mir welche Möglichkeiten ich habe, glatt wie ein Aal zu werden.
Rasieren, Wachs (Aua!), Laser usw. Aber lohnt sich das für mich?

Jede Alleinerziehende schreibt in Leserbriefen, dass sie bestens ohne Mann zurechtkommt. Jede Geschiedene auch. Dann noch die vielen Singles, die nur mal so einen Mann angucken.
Mann, oh Mann. Ich könnte mich nun zurück lehnen und belustigt dem Nachwuchs zusehen wie sie die die wenigen Weiblein erobern, die überhaupt noch einen Mann wollen, aber es bedrückt mich schon "Vom Markt" zu sein. Eins will ich wirklich nicht: Mich von einem meiner letzten Haare trennen. Irgendwann sind es bestimmt wieder drei.
.

**Hab' ich die Haare schön?**

Ich kenne die Kleine nun schon einige Jahre. Zugegeben, erst mit den Jahren ist sie mir ans Herz gewachsen.
Als ich sie kennenlernen durfte, hat sie nicht gut gerochen. Das hatte mich damals zu dem spontanen Ausruf veranlasst: "Iiih, du stinkst ja!"
Es passierte anlässlich eines der üblichen Familientreffen, wie sie allerorten üblich sind.
Eine Freundin meiner Tochter war mitgebracht worden.
"Papa, das ist Tanja. Sie hat so eine kleine süße Tochter. Die wollte ich euch mal zeigen. Ist sie nicht niedlich?"
Sie reichte mir das kleine Bündel. Ich hatte schon meinen Nachwuchs im Arm gehalten. So wusste ich genau, wie man so was Haltloses, wie ein Baby anfasst. Kaum wurde mir das kleine, süße Bündelchen zugereicht, kräuselte sich meine Nase und ich rief spontan den oben erwähnten Satz.

Damit hatte ich eine Lawine losgetreten. Jedes weibliche Mitglied unserer Gesellschaft erklärte mir, wie Babys riechen. Und das zu jeder Tageszeit. Ich hatte das alles auch erlebt, aber damals war es mir nicht ins Bewusstsein gedrungen, dass es so viele Geruchsnuancen bei Babys gibt. Ich bin damals nur nach dem Auswahlprinzip vorgegangen: Lacht und riecht gut oder plärrt und riecht nicht gut (eigene Kinder stinken nämlich nie). Je nach Erkenntnis behielt ich damals die Kleinen im Arm oder reichte sie an ihre Mutter (äh, meine liebe Frau) weiter.

Ja. Auch das müssen Kleinkinder schon erkennen. Kinder sind nicht überall und bei Jedermann willkommen. Es findet immer ein Auswahlverfahren statt.

Lange her. Lange? Einige Jahre jedenfalls.
Das Bündelchen war eine Hübsche geworden. Und etwas vorlaut, wie sich heute herausstellte.
Ich merkte schon eine ganze Weile, als wir wieder in gewohnter Runde saßen, dass etwas an mir ihr Interesse weckte. Sonst war es immer meine Goldrandbrille gewesen - heute musste es etwas Anderes sein.
Ich versuchte, durch häufiges Aufstehen und Zubringen von Getränken ihren prüfenden Blicken zu entgehen. Es half nichts!
Ich war jetzt dran ihren Wissensdurst zu befriedigen.
Mit vollem, schokoladen-verschmierten Mund wies sie, ein Schokoeis in der Hand, zu mir und fragte:

"Mama, warum leuchtet Opa Arnos Kopf so?"

Hatte ich vorher nicht mein eigenes Wort verstanden, als ich mich nach Getränkenachschub erkundigte, herrschte augenblicklich Totenstille.
Eine längere Pause trat ein.
Irritiert blickte die Kleine in die Runde. Sie verstand nicht, warum sie nun die Aufmerksamkeit aller hatte, während sie sonst niemand beachtete, wenn sie mal eine Frage oder ein Anliegen hatte.
Ihre Mama blickte mich verlegen an.
"Sieh mal zu, wie du das deinem Kind erklärst." grinste ich ihr zu. "So etwas müssen Eltern können."
Das war wirklich geschickt von mir gewesen. Jetzt sahen alle die Kindesmutter an.
Ich war erst einmal aus dem Schussfeld.

"Äh Lissy ..."
Pause
"Na los doch" rief es aus der Runde.
"Ja weißt du Lis, der Opa Arno, äh wie sage ich das?"
"Na, sagt ihr doch auch mal etwas" blickte sie in die Runde.
Nun ging Lyssis Blick in die Runde. Sie erntete nur Grinsen.
Also sah sie wieder ihre Mutti an.
"Ja Kind. Der Opa Arno ist ja schon etwas älter ..."
"Ganz schön alt!" stellte Lissy fest.
"Ja eben. Schon etwas älter" relativierte die Mama und lächelte mich entschuldigend an.
"Und der Opa Arno hatte früher auch lange Haare gehabt. Nun hat er viel gearbeitet und auch schon Kinder aufgezogen und viel nachgedacht ..."
"Wenn der Verstand kommt, müssen die Haare weichen" warf meine liebe Frau ein.
"So ähnlich" versuchte es die Mama wieder. "Der Opa Arno verlor in den vielen Jahren einige Haare. Deshalb sind es jetzt nicht nur weniger Haare, sondern der Opa trägt sie jetzt auch kürzer."
Ich zupfte, die Erläuterungen von Tanja folgend, an meinen Haaren und lächelte Lissy an.
"Aber es glänzt doch so" zog Lissy in die nächste Runde.

Jetzt blickten alle auf mich. Tanja war aus dem Rennen.
So ein Opa wie ich, hat schon tausende Kinderfragen beantwortet. Deshalb war ich jetzt auch nicht verlegen.
"Lissy, was deine Mama sagte war richtig."

Lissy schmiegte sich an ihre Mutti ohne den fragenden Blick von mir zu lassen.
"Lis, ich hatte früher, als du noch nicht lebtest, auch viele Haare. Genau gesagt fast 120tausend."
"Als ich dann geboren wurde hast du deine Haare fast alle verloren?"
Lissy verstand nicht, warum alle in der Runde schenkelklopfend laut lachten. Sie wurde etwas verlegen.
Ich warf mich in das Gemenge und fuhr fort: "Nein, kleine Lis. Du bist daran nicht schuld. Das macht die Natur. Wenn Männer älter werden verlieren sie immer mehr Haare. Dann werden die Haare auch noch grau. Es sieht dann so aus, als ob sie keine Haare auf dem Kopf haben. Man sagt dann manchmal Männer bekommen einen Heiligenschein."
"Ja, stimmt, Opa Arno.
Das sagt Mama auch immer zu Papa. Papa ist manchmal scheinheilig, sagt sie. Und er hat überhaupt keine Haare. Überall. Nicht mal hier. Sie zeigte unter den Tisch. Und auf dem Kopf trägt er Glatze. Nicht wie du - keine Haare"

Meine Tochter griff sich den Tortenteller vom Tisch und hielt ihn in die Runde: "Möchte jemand noch ein Stückchen leckere Erdbeertorte?"
Alle hielten ihre Teller in die Mitte.
Auch Lissy.
.

### Haben Rentner zu viel Zeit?

Ich bin ein Senior. Meine Senhorita ist ebenfalls Seniorin. Das kommt mir nun gar nicht spanisch vor. Ich habe mal nachgeforscht, woran das liegt und stieß auf eine Geburtsurkunde aus dem vorigen Jahrtausend. Da wurde ich stutzig. Da vergeht ein Jahrtausend und es ist an mir vorbei gerauscht wie ein knappes Jahrhundert. Als ich das meiner Senhorita aufzeigte wurde sie ganz aufgeregt.
"Das kann nicht sein, quietschte sie los. So alt? Das geht nicht! Ich habe doch gerade unsere Kleinen zum Standesamt begleitet. Und geschminkt gehe ich doch noch um einige Jahre jünger durch".
Ich knurrte: "Wer sagt das? Dein Spiegel?"
"Nee, der Humpi von nebenan. Der ist doch immer so nett zu mir, wenn du mal nicht dabei bist".
"Wenn du willst suche ich deine Geburtsurkunde auch noch heraus?"
"Nee, ne lasse das mal. Da ist noch der Adler von dem ollen Adolf drauf. Der ist heute nicht mehr so gern gesehen. Und dann, wie das aussieht!"
"Was sieht wie aus?"
"Na das Papier von der Urkunde".
"Ah. Und da hast du Ängste, dass du an den Falten und Knicken dein Alter ablesen kannst?"
"Dummkopf! Da muss ich doch nur auf das Datum sehen."
"Aber das willst du doch gar nicht sehen".
"Lass mal"
Ich gab es auf. Sie bleibt eben meine Senhorita, trotzdem sie bereits eine Señora ist. Um ihr Alter zu kennen zähle ich nicht auf einem alten Papier die Falten. Wir sind jung geblieben, sagen wir uns immer wieder.
Wir könnten auch damit leben, dass wir langsam an Jahren zunehmen, wenn es nicht so viele Dummköpfe gäbe. Diese Posaunen in allen Medien, dass es zu viele alte Leute gibt. Woher die kommen können sie sich einfach nicht erklären. Ein Phänomen!

Sie würden es ja einfach so hinnehmen, aber es geht an ihr Geld.

Alte Leute kosten ihr Geld.
Mit der linken Hand in der Hosentasche halten sie ihr Geld fest und schwadronieren über das Alter, besonders aber über das Rentenalter. Dabei kommen sie auf eine glänzende Idee: Die Alten sollen doch einfach mehr arbeiten. Das mit den 45 Arbeitsjahren kann es nicht sein. Die Alten sind noch so fit. Sie könnten das Deutschland, das gerade herunter gewirtschaftet wird noch einmal aufbauen. Ran ihr alten Knacker! Wenn der Kalk rieselt hat das nichts zu bedeuten - das ist altersbedingt. So lange das Zeug nicht herumliegt und die Straßenreinigung belastet ist das in Ordnung. Alles andere sind nur Zipperlein. Kommt einfach nur vom Wohlstand, den die Alten sich erarbeitet haben.

Damit wäre wenigstens ein Problem aus der Welt. Jeder Zuverdienst kommt dann dem Staat zugute, weil sich sonst Arbeit nicht lohnt.
Jetzt haben wir aber noch ein Frauenproblem! Es gibt ja nicht nur den Alten, nein die Alte lebt auch noch. Und das noch, bis sie fast einhundert ist. Hier muss eine neue Regelung her. Frauenprobleme müssen sofort gelöst werden, sonst führt das zu Demonstrationen. Das haben wir schon erlebt. Nie wieder. Männerüberschuss hatte sich mit jedem Kriegseinsatz schnell erledigt. Die Endlösung war der Volkssturm.

Aber es ist zum Auswachsen. Damit ist der Frauenüberschuss schon wieder nicht gelöst. Es ist erwiesen, dass in Kriegsjahren und den Jahren danach mehr Mädchen geboren werden als Jungen.
Naa? Was passiert jetzt? Ein Frauenüberschuss in einigen Jahren. Jetzt muss ein Ausschuss her! Dahin kommt nicht der Ausschuss, sondern dahin kommen jetzt die die darüber befinden, was mit Überschuss passiert. Dazu ist schließlich der Ausschuss da. Schnell noch ein, zwei Frauen in den Ausschuss gewählt, damit niemand darüber spöttelt was Ausschuss ist.

Jetzt aber mal ernst. Zu viele Frauen müssen beschäftigt werden. Kinder hüten? Geht nicht. Die Kinder der Kinder der Frauen bekommen zu wenige Kinder. Kinder, Kinder! Das ist ein echtes Problem. Die klassische Rolle der Oma gibt es nicht mehr. Die Kinder der Oma haben sie abgeschafft.
Ich glaube die Ausschüsse tagen immer noch. Jedenfalls habe ich noch von keiner Lösung gehört.

Es wird wohl so kommen, wie immer: Die Rentenmittel werden zuerst im Ausschuss beraten, dann gekürzt, damit so ein Ausschuss auch bezahlbar ist.
Ich habe mich natürlich mit meinen Gedanken völlig verfranzt. Altersbedingt, sage ich nur. Wir Alten denken zu viel und arbeiten zu wenig. Es geht auch anders herum, aber dazu muss man jung sein.

Ich komme lieber wieder zu meiner Senhorita.
Damit sie sich nicht langweilt habe ich zu meiner anerzogenen Masche als Macho zurückgefunden. Das ist übrigens auch so ein Trick der Frauen. Erst erziehen sie Machos, dann erziehen sie dem Macho das wieder ab. So handeln eben Erziehungsberechtigte. Das sind Frauen lebenslang. Männer müssen deswegen immer ins Gericht.
Meine Senhorita lasse ich nicht mehr arbeiten gehen. Die ein, zwei Enkel und Urenkel hat sie im Griff. Mich auch. Also kann sie in Ruhe ihren Ruhestand genießen. Das bisschen Doppelbelastung "Mann-Haushalt" macht sie mit links.

Etwas habe ich natürlich auch nachgedacht. Ich habe ja Zeit. Bin letztendlich ein Rentner. Zwar muss ich immer wieder meiner Angebeteten aufmerksam zuhören, aber für Geistesblitze ist noch Zeit. Und da fiel mir noch ein: Ehe sich noch mehr Ausschuss zusammenfindet wäre doch ein Gesetzeserlass einfacher.
Es ist bisher noch nie festgelegt worden, ab wann ein alternder Mensch ein Señor ist. In Spanien ist das einfacher geregelt.
Wie machen wir das in Deutschland?

Wir fangen mal klein an: Wir bilden einen Ausschuss. Nein, nein. Das wollte ich jetzt nicht sagen. Wir bilden ein Gremium. Da sind nämlich mehr Gebildete Leute drin. Die legen dann fest, dass alte Leute Senioren heißen. Das geht weiblich und männlich. Kein Konfliktstoff also. Jetzt geht es um die Feststellung ab wann ein alternder Mensch ein Senior/in ist.
Wir überspringen die Notbegriffe wie: 50plus, Silbersurfer, Graue Panther, Silberhaar, ältere Generation, Hilfsbedürftige, Rolli-Fahrer, An-der-Kasse-Bummler und noch viele andere liebevolle Bezeichnungen. Wir brauchen einen neuen, prägnanten Begriff.
Ein Begriff, der Steigerungen zulässt.

Vorschläge: Alter Racker/In, Spätarbeiter/In und so weiter. Es besteht noch Beratungsbedarf. Langzeitarbeiter/in wäre noch eine Option.
Die Lösung kann sein: jeder Mensch in Deutschland bestimmt sein Seniorenalter selbst. Bedingung bleibt natürlich: Sein unbedingter, lebenslanger Arbeitswille.
Die Bezeichnung "Rente" wird in allen staatlichen Publikationen und durch einen anderen Begriff ersetzt: Schmutzgeld, Schandcent ... (wird noch beraten).

Wer jetzt Angst hat, dass mit diesen Maßnahmen junge Menschen aus dem Arbeitsprozess entfernt werden, hat nur teilweise Recht. Es werden aber nur diese jungen Teamarbeiter entfernt, die das Wort Teamarbeit zu ernst nehmen und das Team arbeiten lassen ehe sie selbst etwas tun.
Etwas Anderes ist wichtiger. Es werden Arbeitskräfte frei, die dann eine konsequente Herabsetzung des Einkommens sichern.
"Nie wieder ein Auskommen mit meinem Einkommen!" werden sie rufen. Das wäre dann aber für eine neue Kommission ein Arbeitsthema. Hier ging es nur um das Seniorenalter.

Es wird aber auch Einkommenserhöhungen geben. Natürlich nicht für die heutigen Geringverdiener. Es werden die Mitglieder von Untersuchungsausschüssen, Ausschüssen, Kommissionen und Gremien ihr Zweiteinkommen aufbessern können.
So fällt es ihnen leichter Entscheidungen zu fällen, die den "24-Stundentag für die berufstätige Bevölkerung" verlängern helfen oder "Sozialverträgliche Abschaffung von Renten" und anderen Sozialbeiträgen. Vielleicht kann dann endlich das Wort "Sozial" aus dem deutschen Wortschatz gestrichen werden. Es erleichtert alles, was sich jemals "Sozial" nannte abzuschaffen. Deutsche Herrscher hatten schon immer damit ein Problem.
Wie bin ich eigentlich vom Hundertsten ins Tausendste gekommen?
Das Alter ist wohl schuld. Nicht das Rentenalter. Das Seniorenalter. Da habe ich wohl gesponnen.
Nichts ist wahr - aber wehe es wird wahr!
.

**Hatt' du Möhrchen?**

Das melodische Glockenläuten an der Tür überhörte der Weihnachtsmann geflissentlich. Er fuhr bedächtig in seiner Arbeit fort.
Ein Blick auf den Wunschzettel und dann einen Griff ins Regal. Jeden Tag hatte er jetzt damit zu tun. Für nichts Anderes blieb noch Zeit. Sein Bart kringelte sich schon.
"Ich muss ihn unbedingt noch kämmen", dachte sich der Weihnachtsmann. Wenn mich die Kinder so sehen, verdrücken sie sich vor Angst in ihr Zimmer und fummeln weiter an ihrer Playstation. Die hatte ich ihnen im vorigen Jahr gebracht.

Von diesem Gedanken unwirsch, packte er die nächste Position des Wunschzettels. "Eine Sauklaue hat dieses Mädchen". Der Weihnachtsmann packte rote Boxhandschuhe zu den anderen Sachen.

Das Glockenläuten an der Tür erreichte jetzt schon fast die Stärke eines Glockengeläuts. Es war fast so laut wie das von "Sankt Nikolaus". Das ist die kleine Holzkirche hier im Wald.
Kopfschüttelnd machte der Weihnachtsmann ein Häkchen auf den Wunschzettel. Die Rollerblades muss er eben später einpacken.
Kurz die Hosenträger wieder auf die Schulter geschoben und langsam schlurfte er zur Tür.
"Wollen wir mal sehen, wer so kurz vor der Bescherung noch Wünsche bringt".
Knarrend öffnete er die Eingangstür und blickte in die Runde.
Weiß verschneit war es vor seinem Haus. Alle Fichten hatten ihr weißes Kleid. Spuren von Rehen zogen sich den kleinen Hang hinauf. Die Lampe über der Tür warf ein warmes Licht auf den

Schnee. So erschien der sonst blendende weiße Schnee in ihrem Licht fast gelb.
Der Störer war aber nirgends zu sehen.
Erst als er heftiges Atmen von links hörte, sah er in diese Richtung. So richtig konnte er nichts erkennen. Hinter seinen beschlagenen Brillengläsern war der Weihnachtsmann jetzt fast blind.
Ein schwerer Seufzer drang an sein Ohr.
Der Weihnachtsmann nahm die Brille ab und sorgte erst einmal für einen klaren Blick.
Oh Schreck! Jedes Wort blieb ihm im Mund stecken. Er traute seinen Augen nicht.
Da saß auf seiner hölzernen Ruhebank, auf der er sich in den anderen Jahreszeiten wohlig in der Sonne aalte, ein kleines Häufchen Unglück.
Er konnte kaum etwas an diesem Wesen erkennen. Die kleine Funzel über der Tür schaffte es auch nicht, dieses Bündel ausreichend zu beleuchten.

Wohl oder übel schlurfte er zur Bank. Aus dem Bündel erklang ein leises Stöhnen und ab und zu tiefe Seufzer.
Vorsichtig näherte sich der Weihnachtsmann. Immer darauf bedacht sofort den Rückzug anzutreten, wenn es brenzlig wurde.
Das dunkle Etwas änderte jetzt die Tonlage in leises Wimmern.
Sacht berührte der Weihnachtsmann das Wimmerchen.
"Wer bist du denn?"
Es rührte sich jetzt und völlig unerwartet schnellten aus dem Bündel lange Ohren heraus.
Erschrocken fuhr der Weihnachtsmann zusammen. Er steckte auch seine Hand schnell in die Hosentasche um seine Rute zu suchen.
Flehentlich seufzte es jetzt und leise sprach es: "Hatt' du Möhrchen?"
Der Weihnachtsmann rückte wieder näher. "Ja, wer bist du denn?"
"Du kennst mich. Ich lebe auch hier in der Nähe. Am Waldrand."
Langsam kam ein Kopf aus dem Bündel aus dunklem Fell. Jetzt konnte der Weihnachtsmann sein Gegenüber erkennen. Was er sah, ließ fast seine Glieder erstarren.
"Na, ta hatte nit dacht eh?"

Wahrhaftig das hätte der Weihnachtsmann nie gedacht. Vor ihm saß ein unglücklicher Hase.
"Hatt' du Möhrchen?"

Jetzt klang die Stimme schon fordernder.
"Aber komm doch bitte erst einmal ins Warme. Du hast wohl noch dein Sommerfell. Du zitterst wie Espenlaub.
"Ach ja, Ettenlab. Dat wär juti, eh".
Mühsam erhob sich der Hase. Der Weihnachtsmann klopfte ihm den Schnee aus dem Fell und schlurfenden Schrittes gingen beide ins warme Haus. Hinter ihnen ging die Tür knarrend ins Schloss.
"Kuhl hier eh", lobte der Hase, als er die vielen alten Möbel sah. Die weichen Polster luden zum Sitzen oder liegen ein. Herrlicher grüner Samt zierte die Möbel. Auch an den Fenstern grüne Vorhänge.
"Eh Alter, saugeil hatt' du hier".

"Setze dich doch bitte erst einmal", forderte der Gastgeber auf.
"Nix geht Alter. Schütte, weest!"
Verständnislos guckte der Weihnachtsmann.
"Na, datt Eierdings da. Mutt wech".
Klar. Jetzt begriff der Weihnachtsmann. Er half dem Hasen, die schwere Kiepe von den Schultern zu nehmen. Mit lautem Plumps landete der Tragekorb auf dem Dielenboden.
"Hatt' du harte Eier in der Kiepe, überstehst du jede Stiepe!"
"Stiepe?" Der Weihnachtsmann kannte dieses Wort nicht.
"Kennst net, eh? Stiepen ist ein uralter Osterbrauch. Haben die Menschen jefundn. Da kloppen die Menschen den Osterhasen. Dazu singen sie "Stiep Osterhas', gibst du mir kein Osterei, stiep ich dir das Fell entzwei. Det fetzt ne, eh. Imma Hasen uffklatschen. Die sind doch Matsch im Hirn, eh."

Jetzt dämmerte dem Weihnachtsmann das ganze Dilemma. Das klagende und wimmernde Fell vor ihm war ein Osterhase.
Davon hatte er gehört. Und er erinnerte sich an Einzelheiten.
"Sag´ mal. Solltest du jetzt nicht Winterschlaf halten?"
"Wintas pennen? Wär cool eh. Jeht nich. Hab'n Job eh".
Verständnisvoll nickte der Weihnachtsmann. Auch er hatte noch viel zu tun. In seine Gedanken drang schon wieder die flehende Stimme. "Hatt' du Möhrchen?"
"Ach, was bin ich doch für ein schlechter Gastgeber. Ich sehe mal schnell im Keller nach. Vielleicht finde ich auch noch etwas Kohl. Magst du Kohl?"

Ohne eine Antwort abzuwarten, ging der Weihnachtsmann in den Keller. Auch hier war alles voller Regale. Fein säuberlich alles aufgereiht, was Kinder sich wünschen.

Ganz unten rechts fand er noch einen Kohlkopf. Aber Mohrrüben? Keine einzige Mohrrübe im ganzen Keller zu finden.
"Ich muss mir noch unbedingt Mohrrüben zu Weihnachten wünschen" grinste der Weihnachtsmann.
Mühselig war es ihm die Kellertreppe wieder hinaufzusteigen. Es krachte nicht nur das alte Holz der Treppe.
Ächzend erreichte er wieder den Osterhasen. Der riss ihm fast den Kohl aus der Hand und begann sofort an den Blättern zu mümmeln.
"Hatt' du Möhrchen eh?" Der Hase holte Luft.
"Nein. Ich habe keine Möhrchen gefunden. Leider."
"Möhrchen!" drängte der Hase zwischen zwei Rülpsern.

Der Weihnachtsmann erhob sich. "Ich habe da so eine Idee. Ich komme gleich wieder."
"He, Alter. Bei dem Tempo ist schon Morgengrauen, ehe ich meine Möhrchen hab. Hopp, hopp!"
Kopfschüttelnd ging der Weihnachtsmann aus dem Haus. Sofort hatte er seine Filzlatschen voller Schnee, als er sich dem Garten zuwendete. Der lag hinter dem Haus. Natürlich hatte er hier nicht den Schnee beseitigt.
Im matten Mondlicht konnte er im hinteren Teil seines Gartens vier Schneemänner sehen.
Die hatten ihm die Elfen gebaut: "Damit bist du nicht so allein, alter Mann" hatten sie gekichert.
So richtig warm wurde er aber nicht mit diesen kalten Gesellen. Stumm waren sie. Nichts konnte sie bewegen, auch nur einen Laut von sich zu geben. Nur einmal hatte er ein leises Knirschen gehört. Das musste der Eine rechts gewesen sein. Den hatte eine Elfe mit schwarzen Zähnen geschmückt. Vielleicht war es auch nur der Frost, tat der Weihnachtsmann diesen Gedanken ab.
Mit einem Ruck zog er dem ersten Schneemann die rote Möhre aus dem Gesicht. Als er keine Klage hörte, tat er noch schnell bei den Anderen das Gleiche.
Befriedigt guckte er auf die vier Möhrchen. Gastfreundschaft geht vor, meinte er noch zu den weißen Gesellen. Dann drehte er sich um und ging in Richtung Haus. An der Ecke drehte er sich noch einmal um und sah die dunklen Löcher in den Köpfen der Schneemänner.
"Schön ist anders", murmelte er, "aber ihr müsst ja nichts beweisen ist ja keine Schneefrau in der Nähe."
Er kicherte in sich hinein.

Schnell ging er ins Haus. Seine Strümpfe waren nass. Das trieb zur Eile.
"Hatt' du endlich Möhrchen!" strahlte der Osterhase. Dann warf er den Kohlkopf zu Boden. Gierig entriss er dem Weihnachtsmann die Möhrchen und versetzte sich fast in einen Rausch beim Möhrenknabbern.
Der Weihnachtsmann lächelte nachsichtig. Er sah zu und freute sich aufrichtig, dass sich dem Hasen die Ohren langsam aufrichteten. Jetzt sah er nicht mehr so jämmerlich aus.

Der Weihnachtsmann entschuldigte sich. Er müsse noch Geschenke einpacken. Der Hase nickte.
Ja, es war nervenfressend. Die Wunschzettel waren kaum zu lesen. Selbst Buchstaben waren falsch. Vom Wort ganz abgesehen. Er wusste, dass er keinen Einfluss darauf nehmen konnte. Vorbei die Zeiten, als er Füllfederhalter auf den Gabentisch legen konnte.
Der Hase riss ihn aus seinem Sinnen.
"Watte hatt du da?" Der Hase zeigte nach oben links ins Regal.
"Kannst du nicht besser sprechen, Hasi?
"Hä?"
"Du bist doch auch in die Hasenschule gegangen. Dort hast du doch unsere Sprache gelernt." Der Weihnachtsmann sagte das bedächtig.
"Ach so ja, Klasi. Oder heißt du Klausi?"
"Sag', wie du willst. Niemals solltest du aber alter Knacker sagen oder Nöle."
"Jo, wie du willst. Also Klausi. Und das Ding da oben? Sieht aus wie ein Mensch."
Ach so. Das ist eine Puppe. Sie ist einem Kind nachgebildet. Das verschenken Menschen an andere Menschen, die viel Liebe zu verschenken haben. Irgendwie schizophren. Aber so sind Menschen. Sie lieben nicht, was sie haben. Sie lieben es, etwas zu wollen."
Der Weihnachtsmann packte schnaufend weiter.
Der Osterhase trollte sich auf die Chaiselongue. Außer Knistern von Papier, leichtes Seufzen und dem Zirpen der Heimchen war nichts zu hören im Raum.

Kuckuck, Kuckuck, Kuckuck ... zerriss es die Stille. Weihnachtsmann und Osterhase zuckten zusammen.
"Zwölf" zählte der Osterhase.
"Blödes Viech. Jetzt bin ich raus. Habe mich verzählt. Wollte Petra-Luise nun 300 Patronen für ihr AK 47 oder fünfhundert?

Hätte ich nur Nein gesagt, als der Kuckuck im Herbst um Asyl bat. Beherrscht kaum unsere Sprache und krakelt hier 'rum".
Der Kuckuck verzog sich beleidigt hinter sein Holztürchen. Es trat wieder Stille ein, wenn man von kleinen Rülpsern absah, während sich der Hase gesättigt über das Bauchfell strich.
Der Weihnachtsmann wurde jetzt unruhig. Er blickte auf und horchte. Nichts! Da stimmte etwas nicht. Die drei Heimchen zirpten nicht mehr. Ihr feiner Gesang war verschwunden.
Der Weihnachtsmann lief unruhig durch den Raum.
"Wattn los eh"
"Sprich endlich richtig, sonst ziehe ich dir das Fell über die Ohren", knurrte der Weihnachtsmann mürrisch.
"Manno!" Der Hase drehte sich zur Wand. "Hab' ich hier drei Weiber versteckt oder du. Sind doch drei? Scheinheiliger!"
Der Weihnachtsmann ignorierte das Gestänkere geflissentlich. Er schnüffelte umher. Irgendetwas war anders. Der Geruch! Es stank.
"Sag mal Osterhase, hast du etwa ...?"
"Eh Alter. Mach nich sone Welle. Erst jibste mir Kohl und dann mäkelst du an meiner Verdauung!"
"Mann, Hase. Wenn du ausatmest, fallen die Fliegen von der Wand. Geh dazu vor die Tür! Du bist ein Zauberer, du kannst Luft zum Stinken bringen. Und das mit den Weibern ist auch falsch. Heimchen sind Grashüpfer. Und nicht, wie du denkst, dressierte Elfen."
"Jo Mann, Jo. Kapiert!" Der Hase musste nun auch husten. "Miese Luft hier Klausi."

"Hasi, was ich dich mal fragen muss: Warum warst du so von Kräften. Du konntest ja kaum noch kriechen?"
"Nerv nich'. Aber weil du's bist: Ich war kaserniert!"
"Wie kaserniert?"
"Eingesperrt! War die Hölle!"
"Wie kam das?" Der Weihnachtsmann lockte mit jeder Frage eine neue Antwort heraus.
"Na, ne Girlsgang!"
"Was ist das?"
"Na solche Teenies. Damals auf der Wiese."
"Hase! Ich bitte dich. Erzähle bitte zusammenhängend".
"Das war so. Ich hoppelte, wie immer, zu Ostern über die Wiese und verteilte die bunten Eier. Plötzlich raste eine Häsin an mir vorbei. Ehe ich mich an ihrem wohlgestalteten Körperbau erfreuen konnte, war sie verschwunden. Aber schon rannten die Mädels kreischend vorbei.

"So erreichen wir nie das nächste Level", fluchte eine. "Immer rennen die Viecher weg".
"Eh, das ist noch einer!" wies kreischend eine auf mich.
"Oh, der hat ja Eier. Ein echter Kerl!"
"Ja, und so passierte es. Erst spielten sie mit meinen Eiern, dann aber hatte eine von denen eine Blitzidee.
"Der kommt in den Stall, zu Fienie und Trienie. Der ist auch niedlich. Und gaanz weich."
Großes Hallo und mein Schicksal war besiegelt. Ich kam in ein Drahtgehege, in dem schon mindestens zehn Häsinnen hoppelten, wie ich fachmännisch feststellte.
Im Nachgang würde ich sagen, dass wir eine flotte WG waren. Ab und zu fischte uns ein Girl aus dem Gehege, knuddelte und streichelte uns und ab zurück in den Käfig.
Aber Klausi. Ich denke, jeder Himmel hat eine Hölle. Hast du schon mal mit zehn Häsinnen in einem Bett geschlafen?"
"Nö" grinste der Weihnachtsmann.
"Egal. Irgendwann war der Schlauch leer, wie man so sagt. Oder heißt es "Die Luft raus?"
Der Osterhase hatte feuchte Augen. Verlegen zupfte er an seinen lange Ohren.
Der Weihnachtsmann setzte sich zu ihm. Sanft streichelte er das weiche Hasenfell. Der Hase beruhigte sich zusehends.

Der Weihnachtsmann sinnierte wieder "Eine tolle Geschichte. Typisch Mensch. Predigen Monogamie, aber bei den Haustieren passen sie nicht auf. Deshalb ist es auch kein Wunder, dass sich das Verhalten der Haustiere so veränderte. Sie ahmten das Verhalten der Menschen nach. Jetzt sind schon sehr viele Menschen domestiziert. Hunde, Katzen und Vögel tun einfach so, als wenn sie die menschliche Sprache verstehen. Prompt pariert der Mensch. Was soll's, ist nicht meine Aufgabe. Meine Aufgabe sind Geschenke."

"Was ist eigentlich mit deinen Zähnen los? Stören die beiden langen Beißer nicht?"
"Daran rühre ich nicht mehr. Mein Dentist sagte damals zu meiner Mama "Das verwächst sich wieder". Nun lasse ich die Zähne so lang. Nur weiß müssen sie sein. Dafür gibt es jetzt diese Pflaster. Saugut! Wenn ich dann mal kurz meine Raffer blitzen lasse, hoppelt es aber auf der Wiese."
Der Osterhase grinste hintergründig.
"Ich muss jetzt weiter packen. Dir geht es jetzt wieder besser. Inzwischen kannst du mir mal erzählen, wie das so geht mit den

Osterhasen und den vielen Eiern. Ich habe ja auch meine Probleme. Da kann ich von einem Fachmann, wie dir, nur profitieren."

"Ei, ei. Da hast du den richtigen Nerv getroffen. Bei Eiern bin ich Spezialist.
Ich habe da viele Quellen. Nicht jedes Ei ist gleich. Auch nicht jedes Huhn. Nehmen wir mal die holländischen Hühner. Fleißig! Kann ich nur sagen. Aber schlechte Arbeits- und Lebensbedingungen. Der psychologische Druck ist bei den Hühnern in Holland sehr hoch. Ist das Eidotter nicht schön orangefarbig, werden sie abgemahnt. Bei der dritten Abmahnung bekommen sie den Weg zum Schlachthof erläutert. Und dorthin sollen sie auch noch alleine fliegen. Das ist schamlos!
Die italienischen Hühner leben dagegen im Schlaraffenland. Typisch südländisch legen sie ein Ei und gackern dann: Ab in die Pasta - basta!
Vatikanhühner? Da ist es mau. Alle Hähne katholisch. Verhütung? Da kräht kein Hahn nach. Viele Hähne wurden schon exkommuniziert, weil sie ökumenisch traten.
Im Vatikan gibt es die meisten Halbwaisen. Kein Hahn bekennt sich zu seinen Nachkommen.

Eine beliebige Hühnerfarm. In welchem Land ist egal. Die Hähne sind völlig überfordert. Jeder Hahn kann täglich 32 Hühner treten. Aber was passiert? Die meisten Hähne hängen beim Kebabmacher auf der Stange oder gehen als Broiler in den Osten.
Wenn ich von mir behaupte, dass ich ein echter Rammler bin, was leisten dann diese Hähne. Sie sterben im Kampf um die Vermehrung. Oder im Kampf vor der Vermehrung?
Die Deutschen mögen die Eier bunt. Einfach Unsinn. Bunte Eier haben keine Tarnung. Jeder Dussel findet bunte Eier. Vielleicht sind deshalb in deutschen Haushalten zu Ostern so viele bunte Eier auf dem Tisch.
Mit den schweizerischen Hühnern haben wir noch ein Problem. Kaum legt ein Huhn ein Ei und will mit dem Gackern beginnen ist das Ei weg. Es ist von der Alm gerollt. Das ist Käse. Ehrlich. Die Schweizer Hühner sollten mal einen Knick ins Ei machen. Knickeier eben.
Die Amis spinnen. Ich meine die amerikanischen Hühner. Sie sind meist zu fett. Legen sie ein Ei, kannst du es ohne Butter braten. Es brennt nicht an. Dort gibt es eine Hühnerart, die trägt Tütü. Und sie haben sogar Federn an den Füssen. Ist das normal?

Jedes Ei wird mit "Oh my God" begrüßt. Dass es ihnen hinten heraus kam erschüttert nicht ihren Glauben. Vielleicht gackern sie zu Weihnachten immer "Jingle Bells". Etwas verrückt sind sie schon.
In Australien hatte ein Känguru mal ein Hühnerei geklaut. Es brütete es in der Tasche aus. Als das Küken aus dem Beutel kam, hüpfte es unentwegt auf und nieder. Also ehrlich. Wenn das mal eine Henne wird, kapituliert jeder Hahn.
Willst du noch mehr über meine Sorgen wissen?"
"Ne, ne lass mal". Der Weihnachtsmann hatte genug gehört.

Jetzt lehnte er müde an einem Regal und blickte ins Leere. Tausend Gedanken schwirrten durch seinen Kopf.
Die Geschenke übermorgen. Mit den Elfen reden wegen des Schlittens. Der muss noch geschmückt werden. Die Rentiere. Ach die Rentiere sind ein Märchen. Dieser Weihnachtsmann hatte keine Rentiere. Er musste selbst ziehen. Eine Idiotin in der Zustellungsabteilung hatte die Rentiere im Internet versteigert. Sie fraßen angeblich zu viel und produzierten zu viel Methan. Die Nachhaltigkeit war auch noch nicht erwiesen. Arme Rentiere dachte der Weihnachtsmann. Hoffentlich endet dieser Osterhase nicht auch noch im Bioladen.

Aber der schlief jetzt fest. Auch der Weihnachtsmann konnte kaum noch die Augen aufhalten. Vor dem Zimmerfenster graute der Morgen. Dem Weihnachtsmann graute es auch.
.

## Ich befinde mich in der Jugend des Alters

Das ist eine schöne Sicht auf meine zurück liegenden Jahre.
Ewig jung? Das ist auch nicht, was ich vom Leben erwarte.
Wenn ich so zurück blicke habe ich Vieles erlebt. Keine Sorge - es bleibt jugendfrei!

Aber nehme ich zum Beispiel die Reformen der Deutschen Rechtschreibung. Ich kann jetzt Tipp statt Tip schreiben und Schifffahrt mit drei Eff. Ja, das sind Einschnitte in meinem Leben gewesen.
Etwas verwirrend, wenn ich Philosophie schreiben soll, aber nicht Photographie.
Ich probiere es doch einmal: "Filosofie" oder "Filo Sofie"? Hm. Urteilt selbst.

Die "Alten Griechen" würden uns unsere Wörterbücher um die Ohren hauen. Entschuldigung, euch meine ich nicht, ihr alten Griechen. Im Gegensatz zu den "Alten Griechen" lebt ihr Leser/Innen noch.

Das mit der Jugend im Alter fühle ich auch.
Noch immer gucke ich in jeden Blusenausschnitt. Noch immer bekomme ich sofort böse Blicke von meiner Lebensbegleiterin.
"Was hat die, was ich nicht habe?"
Also der Satz ist nun wirklich alt.
 Neulich, in der Straßenbahn, stehe ich so neben einem Teenie. Natürlich gucke ich zwangsläufig auf sie herab. Jetzt denkt ihr wieder "Der guckt schon wieder in den Ausschnitt". Nee ich gucke auf ihr Buch. Versuche etwas zu lesen. Sie versuchte es auch. Die Musik schrillte aus ihren Ohrhörern. Hörte sich an wie "Metallic".
"Wumm, wumm, wumm" - Finger anfeuchten - Seite umblättern - "wumm, wumm, wumm"
Der Wagen ruckte und sie blickte hoch. "Möchten sie sich hinsetzen?".
Da schoss mir doch glatt das Blut ins Gesicht. Ich nahm trotzdem dankend an.
Woher wusste sie, dass ich alt war und eines Sitzplatzes bedurfte?
Woher wusste das junge Ding eigentlich, dass man vor dem Alter aufsteht?

Wenn ich mich prüfend im Spiegel betrachte stelle ich nur wenige Veränderungen, zu früher, im Gesicht fest. Etwas voller um die Wangenknochen, Drei-Tage-Bart statt Menjou. Der Rest ist Lebenserfahrung.

Noch etwas ist verändert. Homer!
Homer ist jetzt gelb und hat eine Aussprache..., na ihr wisst schon. Das war früher anders.
Meine Allerliebste geht jetzt immer zum Cutter. Seitdem zahlt sie jetzt wieder weniger für ihren Haarschnitt. Der Hairdresser war wirklich zu teuer.
Werde ich zum Schoppen (shoppen) eingeladen, weiß ich, dass mir eine Durststrecke bevorsteht. Das war mal anders. Es ging dann immer feucht-fröhlich zu.

Ich protestiere auch nur schwach, wenn wieder mal Wellness angesagt ist. Während ich mich vor einigen Jahren noch badete und ich mich dann abtrocknete haut mir heute eine jung gebliebene Amazone auf den Nackten und meint "Umdrehen"!
Das hat sie nun davon. Jetzt erstrahle ich in aller meiner jungen Frische.
Ich stehe dazu. Ehrlich.

Ich will euch wirklich nicht mit den Veränderungen in meinem Leben langweilen. Es ist auch noch eine ganze Weile hin bis zum Alter, denn ich befinde ich erst in der Jugend meines Alters.
.

**He, ich bin erst 70!**

Ich schäme mich ja so. Jetzt habe ich fast das statistische Mannesalter erreicht.
Waren das noch Zeiten als ich 18 wurde. Ein inneres Aufatmen. Vor Gesundheit strotzend. Manchmal grübelnd, ob erst eine Familie zu gründen wäre oder erst einmal studieren bis eine Freundin so nervt bis man in eine Heirat einwilligt.
Viele Entscheidungen wurden mir abgenommen. So ordnete sich mein Leben fast ohne mein Zutun.

Aber das mit meiner Gesundheit musste ich selbst regeln. Alle rieten mir, aber niemand regelte wie gesund ich zu sein habe. Selbst zwangsweise angeordnete Reihenuntersuchungen stellten nur meinen Zustand fest, aber sie sorgten sich nicht um mich. So hatte ich mein körperliches Wohlergehen in meiner Hand. Alle Entscheidungen waren nicht richtig. Zum Beispiel damals, der eine Schnaps über den Durst. Das fette Essen zum Fest. Ich habe auch nur zwei Sportleistungsabzeichen abgelegt. Das sind nicht die Dinge die mich belasten. Ich grüble über die nächsten Jahre nach.
   Sterbe ich in den nächsten vier Jahren habe ich ein gutes Gewissen. Ich habe niemand geschadet. Nicht mal meiner Krankenkasse. Ich habe nur meine Statistik mit Leben erfüllt. Mit Leben erfüllen? Geht das wenn man stirbt?

Sterbe ich früher ist das in der Demografie unseres Landes etwas Positives. Das senkt glatt das Durchschnittsalter unserer Bevölkerung. Und meinen Nachgeborenen erspart es vielleicht einen Euro Krankenkassenbeitrag. Natürlich monatlich, hoffe ich.
Das hat aber den Nachteil, dass sich nun die Bevölkerungsstruktur zugunsten von in Deutschland lebenden Ausländern verschiebt. Kurz: ein Deutscher weniger!

Jetzt zum Fall, dass ich die 74 Jahre überschreite. Statistisch wäre das ein Gau. Finanziell, für die arbeitende Bevölkerung, ein Supergau.
Ich habe doch nur 45 Jahre eingezahlt. Wer muss mein langes Leben jetzt finanzieren? Es gibt bereits erfolgreiche Versuche durch Senkung der staatlichen Beteiligung an meiner Rente und heftiger Erhöhung meiner Krankenkassenbeiträge meine Rente zu kürzen. Das gelingt bereits sehr gut! Der Ausgleich der Inflationsrate wird meine Rente weiterhin kürzen.

Die Rente wird kleiner, mein Leben länger, die Krankenkasse und der Vermieter verbrauchen meine Rente...
Ich schäme mich so. Niemals wollte ich jemand im Alter zur Last fallen.

Ich werde zwar kein Erbe hinterlassen, aber einen kleinen Zettel:
"Lieber arbeitender Beitragszahler aller Kassen!
Bitte entschuldige meine zu lange Anwesenheit in dieser Welt.
Ich wollte ja sterben, aber das Gesetz hat die Ärzte verpflichtet mich immer bei guter Gesundheit zu halten. Ich hatte mich in den letzten Jahrzehnten vom Alkohol fern gehalten und auch zu fettes Essen bekam mir nicht. Ich bitte dich für jedes Lebensjahr über 74 tausendfach um Verzeihung. Ob im Himmel oder in der Hölle. Du darfst neben mir sitzen wenn du kommst. Ich halte deinen Platz frei.
Soviel Ehre gebührt dir.
.

## Mein hundertster Geburtstag

Ich hatte eine Vision
Am Sonnabend ist es soweit. Ich feiere das hundertste Jubiläum meines Erden-Daseins. Bis hierher war es einfach. Hunderte Jahre vergehen schnell, wenn man nur arbeitet. Meist war der Arbeitstag länger als der restliche Tag. Ich muss mir das mal ausrechnen lassen, wie viel Stunden damals mein Tag hatte.

Jedenfalls war er lang. Morgens die Kohlen aus dem Keller holen, dann den Ofen anfeuern, jetzt noch schnell den Kindern das Frühstück bereiten.
Nun aber los, ab mit ihnen in den Kindergarten oder in die Schule. Wenn ich Schichtdienst hatte, lief dieses Programm auch so ab, nur hektischer.
Etwas Ruinen wegräumen, etwas Neues aufbauen, etwas Qualifizierung nach der Berufsausbildung und nach der Arbeitszeit.
Mein Leben war sehr vielseitig.
Das alles sehe ich, wenn ich zurückblicke.

Heute blicke ich nach vorn. Der Blick zurück stimmt mich nur melancholisch.
Also am Sonnabend habe ich meinen großen Tag.
Wen habe ich alles zurückgelassen, bis ich diesen Tag erreicht habe? Ach, lass das mein Lieber! Melancholie steht dir wirklich nicht. Alle wollten dich immer lachen sehen.

Sonnabend!
Ich nehme natürlich ein ausgedehntes Frühstück zu mir. Heute leiste ich mir noch ein Gläschen Champagner dazu.
Meiner Altenpflegerin mache ich ihren Platz in meinem Balkonzimmer mit einer Decke weich und kuschelig. Ich lege ihr noch eine Decke über die Knie. Die Arme klagt immer so über Arthrose in den Gelenken. Dann noch ihre Essschürze. Perfekt.
Ach wie behände war sie noch, als sie mir zugeteilt wurde. Kniff ich ihr früher in den Po, kicherte sie und lachte: "Ach lass das, Arno!" Heute meckert sie: "Lass das Arno, das gibt nur wieder blaue Flecke!"

Nach dem Frühstück drücke ich noch die Hände der Gratulanten. Es ist traurig anzusehen, wie sie mit ihren Rollatoren oder wie die vierrädrigen Sitzplätze heißen, aus ihren Zimmern schlurfen. Nur Inge ist noch flink. Sie kommt immer strahlend auf mich zu. Wie eine Sonne leuchtet ihr Gesicht. Unsere Begrüßung fällt deshalb immer etwas länger und herzlicher aus, was oft den Neid von Brunhilde und Hannelore hervorruft. Ihr wisst doch: Männer sind in Senioren-Residenzen Mangelware. Inge lässt auch gern mal ihre Unterarmgehhilfen fallen, wenn ich in der Nähe bin. Natürlich hebe ich die Dinger schnell auf. Und jetzt lobt sie laut meine Eigenschaften als Kavalier und Gentlemen. Dass sie mir dabei immer in den Po kneift nehme ich klaglos hin.

So etwas fordert direkt den Missmut der Anderen herauf, die mit Gehgestellen ausgerüstet sind.
Aber trotzdem sind wir eine lustige Truppe. Oft erzählen wir Witze. Immer wieder schön, wenn Erwin sich auf die Schenkel klopft und seinen Witz, ich glaube, es ist der Einzige, den er behalten hat, zu erzählen beginnt. Leider bekommt er dabei immer einen Husten-anfall vor Lachen. So haben wir noch nie die Pointe erfahren.

Ich will euch aber nicht mit meinen Schilderungen aus meinem Zuhause langweilen.
Heute ist mein großer Tag.
Ein kleines Programm habe ich mir schon im Kopf zurechtgebastelt.
Ich werde zur Direktion gehen und dort allen gratulieren, dass sie so gut für mich sorgen. Mein Trostwort wird sie aufmuntern: "Keine Sorge, die anderen Besetzungen hier im Altersinstitut sind alle erleichtert in den Ruhestand gegangen. Vielleicht sage ich nicht erleichtert? Ich werde "leicht" sagen oder noch besser "beflügelt".
  Sie haben es schwer mit uns. Früher, ja früher war das anders. Heute stirbt doch niemand mehr freiwillig, wenn er so gut umsorgt wird. Unser Gedächtnis ist allerdings nicht mehr das Beste. So passiert es unseren Udo immer wieder, dass er in einen knackigen Po kneift und leise "Mimi" flüstert, dabei weiß jeder hier, dass Mimi inzwischen schon Gerda, Karin, Melanie und Susanne hieß. Ja, das Personal wechselt oft. Schade eigentlich.

Rollerblades oder Rennrad? Beides macht Spaß.
Es ist doch nur eine Frage der Einstellung wen man gerade Ärgern will. Rollerblades in der Einkaufsstraße ist einfach ein Hit.

Oder immer mit dem Fahrrad in der 30er-Zone die Autos überholen, ist auch nicht ohne. Dann an der Ampel noch als Erster stehen. Polposition nennt man so was.
An den vielen Residierenden in meinem Haus spaziere ich dann im hautengen Outdooranzug für Pedalos vorbei. Ich ignoriere ihre offenen Münder, in denen manche heute die Zähne vergessen haben, winke ihnen lässig zu und schwinge mich auf meinen Drahtesel. Wie immer werden wohl einige der betagten Damen in Ohnmacht fallen. Da grinse ich immer. "Schlecht eingestellter Herzschrittmacher", kann ich da nur sagen.

Schade, heute habe ich kein Bild von mir dabei.
Also: Das sieht so aus. Ein Fahrradhelm, der züngelnde Flammen an den Seiten zeigt. Der Kinnriemen ist straff gespannt, so wie ich es früher bei der Truppe gelernt hatte. Dadurch kommt auch mein markantes Gesicht besser zur Geltung und das kleine Doppelkinn fällt fast nicht auf.
Jacke und Hose trug man früher. Heute trage ich so ein schwarzrotes, eng anliegendes Teil, das alles nach außen transportiert, was ich ausscheide. So erklärte es mir jedenfalls der nette Verkäufer.

Meine Mitstreiter in meinem Wohnhaus oder Wohnheim? Also Wohnhaus, nein Wohnsitz, äh Residenz fragen immer, wann ich das Kondom mal verborge. Sie hätten dann mehr Schmiss bei den Weibern. Rüpel eben!
Das Schöne an dieser Bekleidung ist natürlich der gepolsterte Schutz im Schritt. Hedi setzt sich immer eine Brille auf, um zu sehen, was ich da trage. Einmal sagte sie flüsternd: "Deine Frau hat aber Glück gehabt, wenn ich da so an meinen Erwin denke. Nichts in der Hose, aber Flausen im Kopf."
Ab den Knien natürlich nackt. Stachelbeerwade Natur. Auf die Fragen, wann ich mir mal eine Wachskur mache, reagiere ich erst gar nicht.
    Die Schuhe wieder in Schwarz-Rot. So mehr in Richtung Bauchpieker. Rüpel sagen hinter meinen Rücken: "Wenn der Arno jemand damit in den Hintern tritt, bleibt er bestimmt stecken."
Wer keine Neider hat, der lebt auch nicht.

Für den Nachmittag wird der Oberbürgermeister kommen. Ob er dieses Mal besser laufen kann? Letztens kam er im Rollstuhl. Er ließ sich von zwei Begleitern schieben.

Gleich, als er durch die Drehtür war, hob er die Linke zur Faust geballt. Nach seinem Wahlsieg helfen wir jetzt alle, die zweite Periode des Aufbaus des Sozialismus zu durchleben. Ihn kannte ich nicht aus der Jugendbewegung. Er ist ein Spätgeborener. So nenne ich alle, denen ich etwas aus der Vergangenheit erzählen kann, ohne dass sie sagen "Das habe ich doch alles selbst erlebt, du Spinner"

Die üblichen Blumen und ein kleines Büchlein wird es geben. Die anderen vor mir haben immer eine Broschüre mit Lebenserinnerungen von den "Zeitzeugen" bekommen. Irgendwie lustig diese Geschichten. Das Meiste hätte ich auch erleben können, wenn man mich gelassen hätte.

Der Kaffeeklatsch am Nachmittag wird, wie immer, großartig. Erwin wird wieder einen Lachanfall bekommen bei seinem Witz. Trudchen mag so gern Kuchenkrümel. Ich werde ihr einige auf meinem Teller lassen.
Natürlich werden sie mich hochleben lassen. Das machen wir alle gern. Dann kommt nämlich meist jemand von der Direktion und spendiert ein Prickelwasser. Jeder bekommt ein halbes Glas von dem Zeugs.
"Sieht nach nichts aus und schmeckt nach nichts", konstatiert Bruno jedes Mal. Dass da jemand seine Urinprobe abgegeben hat halte ich für totale Übertreibung. Das hätte ich herausgeschmeckt. Hier haben nämlich fast alle Diabetes.

Schade. Auch ein Geburtstag geht nur einen Tag lang. 24 Stunden reichen nicht für einen Hundertjährigen zum Feiern.
Ich habe mir aber überlegt, dass ich mir den Rollstuhl von Kitty leihe, dann fahre ich im Speiseraum auf und ab und singe "Heut' geh' ich ins Maxim, da ist es sehr intim". Dazu werde ich eine Unterarm-Gehilfe schwingen und alle grölen mit.
Dieses Lied ist über hundert Jahre alt und wird jeden Musikgeschmack, auch der Jüngeren treffen.

Er hatte ein erfülltes Leben, wird man mir hinterher rufen, wenn ich es beende. Bis dahin werde ich mir weitere Geburtstage nach dem "Hundertsten" ausmalen. ·

## Heute bin ich derangiert

Dieser Ausdruck ist zwar etwas aus der Mode, aber da wir in Modefragen die 1960er und früher haben benutze ich dieses Wort, das zu damaliger Zeit noch gebräuchlich war.
Ich bin also derangiert. Das bedeutet zerzaust, verwirrt. Diese Anmerkung ist aber nur für Bewohner Deutschlands, die diese Zeilen hier lesen und keine hugenottischen Vorfahren hatten.
Wie immer! Ich rede in Spiralen.

Ich habe an derangiert gedacht, als ich mir so vorstellte, wie ich auf ein Abstellgleis rangiert wurde. So ähnlich fühle ich mich heute. Ich stehe da so rum und bin verwirrt.
Das kam übrigens ganz plötzlich. Nichts Böses ahnend benutzte ich heute wieder das Internet. Das ist International und kann mir als typischen deutschen Kleinbürger vermitteln, dass ich am großen Rad der Welt drehe. Nun ist die Welt natürlich kein Rad, sondern eine Kugel. Eine Weltkugel, wie ich im Internet erfahren habe.

Ich war also in der großen Internetgemeinde unterwegs und nickte hier und dort Bekannten zu. Machte mehr oder weniger passende Bemerkungen zu Dingen, von denen ich noch nie eine Ahnung hatte und begann mich zu wundern. Ja, ich gebe zu mich gewundert zu haben.
Das kam so plötzlich, so unerwartet und war unerhört!
Die schönen bunten Seiten meines Browsers1 öffneten sich nicht so schnell, wie ich es erwartete. Eine Überprüfung durch einen Könner in Sachen Internet ergab einen Fehler. Der sah so aus: Die Daten aus der DSL-Leitung tröpfelten. Es war wie an einem schlecht zugedrehten Wasserhahn. Nur das Geräusch fehlte. Es fehlte das Strieming3. Ein Anruf bei der Störungsstelle erleuchtete mich. Der Ruhter ist defekt.

Aha! Durchzuckte es mich. Natürlich nahm ich das kostenlose Angebot für einen kostenlosen Ersatzruhter in Anspruch. Aber der Pferdefuß trat mich, als damit auch noch eine zweijährige, kostenpflichtige Verlängerung meines DSL-Vertrages dazu kam.
Au!
Der Ruhter kam so plötzlich, wie versprochen. Ich war schon etwas erstaunt, wie klein und bescheiden die Verpackung für ein so großes Werk der Menschheit sein konnte. Was hatten die da wohl alles reingepackt? Mein Unteresse war geweckt.

Mit einem freundlichen Blick streichelte ich noch das Päckchen und begab mich in den nahen Park. Dort suchte ich nach Knut. Knut? Kennt natürlich kaum jemand. Knut ist mein Kumpel, der mir in allen technischen Fragen Rede und Antwort steht. Und das macht er immer so, das sogar ich es verstehe.
Knut tut gut!

So wie heute wieder. Er saß, wie immer, auf seiner Bank. Nicht seine Bank, sondern unsere. Unsere deshalb, weil ich den einen oder anderen Steuercent beigesteuert habe, damit hier eine Bank steht. Aber die benutzt in der Hauptsache Knut. Wohl weil die Bank zu kurz ist oder Knut zu breit. Jedenfalls sah ich noch niemals jemand neben Knut sitzen. Dabei ist doch Knoblauchgeruch heute schon ein Dauerzustand in deutscher Luft. So ist es auch gemeint, wenn allgemein von frischer Luft die Rede ist, die endlich deutsche Lande durchziehen soll. Ich habe nichts gegen Knoblauch. Ich kann sogar am Leben bleiben, wenn ich nur jeden dritten Atemzug nutze. Kennt ihr doch: Eins, zwei, atmen!

Ich atmete noch einmal tief durch und näherte mich Kurt. Er blickte mich freundlich lächelnd an und ich hörte aus einer Atemwolke seinen freundlichen Gruß. Atemwolke? Mensch, heute waren Minusgrade!
Nach einigem Hin und Her kam ich zum Thema. Der Ruhter.
Kurz und knapp erzählte ich mein Trauma. Der Knut lächelte nur.

"Weißt du, wenn du gelernt hast diese ausländischen Begriffe auch richtig auszusprechen, dann kannst du auch mit diesen technischen Kram umgehen. Das ist ganz einfach. Verstehste?"
Ich nickte, damit er weiterredete.
"Ein Router, also ein "Router" ist ein Gerät, das sozusagen ein Navi für Daten. Da kommen die Daten durch, die du mit deinem Mausgeklicke bestellt hast. Nun stehen sie nicht so einfach rum, wie du an der Verkehrsampel, sondern werden geleitet. Oder man sagt auch gesplittet. Äh, geteilt. Das Ganze ist dann ein "Stream". Ein Strom. Und der kleine Kasten, von dem du gerade sprichst, als wäre ein Wunder, ist vollgepackt mit Halbleitern und Datenbahnen".
"He, das kenne ich. Einen Halbleiter meine ich. Das ist mein Chef. Aber alle sagen wir Dussel von ihm."
"So bekommst du nie eine Lohnerhöhung. Selber Dussel!"
Ich schwieg verstimmt.

"Du musst jetzt aber noch den Router für deine Telefonanlage einrichten", sprach Knut weiter. "Das ist einfach. Du gibst einfach eine Zahlenkolonne in ein Feld ein. Dann ist der Router angemeldet. Jetzt kannst du ihn einrichten. Einfach alle Daten, die du mit deinem Telefonvertrag bekommen hast in die Felder eintragen, die vorgegeben werden, wenn das Ding angemeldet ist."
Ich nickte beklommen.
"Weißt du, ich muss jetzt weg. Mir wieder etwas Kleingeld verdienen. Also arbeiten. Wenn du nicht klar kommst rufst du mich einfach an, ich gebe dir dann Tipps."

Er gab mir eine Telefonnummer. Er hatte also Vertrauen zu mir. Sonst rückte man doch nicht einfach seine Privatnummer heraus. Ich bedankte mich erleichtert. Schon wegen seines Versprechens mich nicht im Schneegestöber stehen zu lassen. Es hatte nämlich gerade wieder angefangen zu schneien.
Wir gingen auseinander. Mehr oder weniger erwartungsvoll strebte ich meiner Wohnung zu.

Dort packte ich sehr sorgfältig meinen kleinen Karton aus. Einige Kabel. Sie waren Grau und Gelb. Dann ein hübscher weißer Kasten. Weiß! Schneeweiß! Sanft glitten meine Finger über die glänzende Oberfläche. Die oberen Ecken waren abgerundet. Hübsch. Den Namen fand ich seltsam. Easy.Box 803 A. Komisch. Es war also kein besonderer Kasten. Nur so einer für mich. Es gab noch andere von seiner Sorte. Etwas enttäuscht war ich schon. Die Zahl 803 machte das deutlich. Wer wohl die anderen 802 Kästen bekommen hatte?
Easybox. Ich übersetzte langsam. Hatte ich doch gelernt ich solle alles richtig aussprechen, dann sei es selbsterklärend. "Iesiebocks". Ich sah jetzt im Wörterbuch nach. Lieber gleich im Fremdwörterbuch, befahl ich mir.
"Easy" bedeutet hier nichts weiter als leicht4. Das rief in mir eben jenes Gefühl von Ruhe und Behaglichkeit hervor, dass dieses Wort vermitteln sollte.
Mit meiner, mir besonders eigen, Faulheit überging ich sofort die ersten Schritte der Kurzanleitung. Ich behielt einfach alle alten Kabel bei. Das ersparte mir den Staub hinter meinem PC-Tisch. Immer liegt dort Staub. Das weiß ich. Noch niemals habe ich etwas getan um dort Staub anzulagern oder Staub zu entfernen. Auf solche verrückten Ideen komme ich gar nicht. "Sieht doch keiner!" war meine bisherige Schlussfolgerung. Das tat ich auch mit allen anderen Ecken und Winkeln, die ich nicht den

Blicken von Besuchern aussetzte. "Zeit ist Geld" sagt mein Halbleiter immer, wenn ich gerade mal wieder mit einer Zeitung Richtung Klo unterwegs bin. Was weiß der schon, wie teuer meine Zeitung ist. Der kauft sich doch keine. Immer nimmt er doch die von mir und meinen Kollegen, die wir liegen lassen. Oder wie kommt es, dass jeden Morgen alle Zeitungen wieder weg sind?

Alle Stecker rein in "Iesie"! Klar. Das war selbstverständlich. Dann Computer an. Selbstverständlich! Dann, äh?
Browser fiel mir ein. Hier hat Knut Gutes bewirkt. Browser klingt besser als Flitzer. Also den Browser anklicken. Logo! Welchen Browser? Keine Werbung bitte! Er sollte nur schnell sein.
Und schon der erste Erfolg: "Diese Seite kann nicht angezeigt werden!"
"Wau!" Das war knapp daneben. Diese Zeile war mir vertraut. Wie oft hatte ich sie schon gelesen. Das war schon eine Weile Standard bei mir. Aus einer schnellen Datenautobahn war ein Feldweg geworden. Mit Stolpersteinen.
Nächster Klick? Klar, gleiches Ergebnis! Ich wurde stutzig. Hatte Knut etwas ausgelassen? War er doch nicht so, wie ich ihn bisher geschätzt hatte? Aber das war hier nicht Werbefernsehen, wo sogar rote, gelbe und braune Lutschbonbons reden können. Hier war schließlich alles Selbsterklärend. Hat Knut gesagt.
Kurzes Bedenken - dann ein Blick zum Lieferkarton - dann ein Griff zur Kurzanleitung! Heureka!
Dieser hübsche kleine Kasten hatte eine eigene Telefonnummer. Noch einmal ein erstauntes "Wau"
192.168.2.1 schrieb ich. Dass ich das hier so öffentlich reinschreibe ist kein Versehen. Diese Nummer sollte jeder kennen, der "Iesie" kennt.
Das "Wau" lasse ich jetzt weg. Schon wieder hatten es meine Lippen es geformt, aber eine ständige Wiederholung ist auch nicht so "iesie". Und der Browser? Der erstrahlte jetzt völlig neu. Nur ein kleines Kästchen störte das Weiß meines Monitors. Ich blickte jetzt leicht verstört: "Benutzerkennwort und Passwort" soll ich eingeben. "Iesie" war richtig ausgefuchst. Statt mit mir zu reden fragte sie mich aus. Benutzerkennwort"? Hm. Ich hatte so viele. Also in meiner Passwortliste nach sehen. Jaa ihr Nörgler! Ich habe eine Passwortliste. Sogar gedruckt. Mehr als 225 Passwörter kann ich mir leider nicht merken. Im Internet geht doch ohne Passwort doch gar nichts. Es ist ein kleiner Fehler von mir, aber hoffentlich verzeihlich. Eine Liste auf dem PC mit

Passwort? Wenn es dann das 226te ist habe ich doch ein Problem?

Passwort für "lesie"? ich fand nichts. Nach einer kurzen Zeit, also nicht länger als 30 Minuten hatte ich alle Passwörter durch, die ich kannte. Nichts passierte. "lesie" war verschlossen wie eine Auster.
Wieder ein Griff zur Kurzanleitung. Fast auf der letzten Seite gab es Hilfe. Eh Mann. Hätten sie auch draußen dran schreiben können! Jetzt war ich sauer. Benutzerkennwort, Passwort, Klick - ah! Neue Seite! "lesie" zeigte ihr Inneres. Und was sie da alles hatte. Viele Zahlen und Zeichen. Nicht ein Fremdwörterbuch, das ich bisher ausgelesen hatte konnte so viel erzählen. Ich bewunderte "lesie" und natürlich Kurt. Nur ich war noch nicht weiter. Nichts lief automatisch. Eine Tasse Kaffee und eine Flasche Wasser waren schon ausgetrunken.
Meine Schweißperlen verlangten Nachschub. Jetzt bemühte ich mich sehr "lesie" zu verstehen. Es ging mir wie bei allen meinen Liebschaften - ich verstand sie nicht. "lesie" blieb mir ein Rätsel. Es tat mir fast leid, dass ich sie am Beginn unseres Erstkontakts gestreichelt hatte. Ich hatte schließlich auch Gefühle. Ich erwartete Entgegenkommen. Nach ungefähr drei bis vier Stunden hatte ich von ihr genug. Ich setzte auf Knut.

Die Telefonnummer war gut. Eine knappe Viertelstunde eingängige Musik, sie war leider nicht nach meinem Geschmack, dann meldete sich die vertraute Stimme.
"Was kann ich für sie tun?"
"He Knut, ich bin's! Dein größter Fan wenn es um Technik geht. Na, altes Haus, schon zuhause?"
"Darf ich das Gespräch aufzeichnen?" Der Knut war heute komisch.
"Wenn du mich so gern hörst, bitte zeichne auf. Willst du noch einen Witz hören?" setzte ich nach.
"Sie wünschen?"
"Borgst du mir 100 €?"
"Ich kenne sie doch gar nicht!"
"Wer mich kennt borgt mir auch kein Geld mehr! Ha, ha. Witzig wa?"
"Sie haben ein Problem?"
"Ich habe kein Problem." lesie" hat eines mit mir. Sie öffnet sich mir nicht."
"Aha ich verstehe. Haben sie die Nummer?"

"Nummer? Ich kenne "Iesie" doch erst einige Stunden. Was denkst du von mir?"
"Bitte die Nummer des Gerätes!"
Es dämmerte. Auch draußen. Dort rieselt leise der Schnee. Bei mir rieselt nur ab und zu der Kalk. Jedenfalls konnte ich Knut die Bezeichnung der "EasyBox" nennen. Das verkürzte zwar unser herzliches Gespräch, aber ich wollte ihn auch nicht verärgern.

Jetzt bekam ich von Knut klare Anweisungen, wann ich wohin zu Klicken hatte und dann ... ging wieder nichts. Knut war also auch nicht das, was ich ihm zugetraut hatte.
Nächste Runde. Browser zu - neuer Start, neue Anweisungen, neuerlicher Fehlschlag. Gedanklich strich ich Knut schon aus meiner Fanliste.

Aber er hatte noch einen auf der Pfanne! Jetzt dauerte es nur noch eine knappe Stunde, also etwas zwanzig bis dreißig Minuten und Easy blinkte blau und rot. Hübsch, stellte ich erfreut fest. Sie war meinen Herzen wieder ein Stück näher. Das Blinken schien ewig zu dauern. Als endlich Schluss war sollte ich "Easy" wieder an den Start schicken. Tja, der Knut hat's drauf mit den Pferdchen. Ach, wie ich jetzt gerade auf "Easy" komme? Der Knut hat es mir noch einmal buchstabiert. Netter Kerl. Sollte jemand mal mit ihm telefonieren, bestellt einen schönen Gruß von mir.
"Immer gut mit Knut!" Sollte er sich Corporate Design zulegen. Nur mal so - um mal etwas Gebildetes zu sagen.
Ich hätte ja gern noch mit Knut weiter geplaudert, aber er behauptete, dass er keine Zeit mehr hat. Wenigstens war sein Abschiedsgruß freundlich: "Und wenn sie mal wieder ein Problem haben, rufen sie ruhig wieder an!"
Aber klar. Mache ich doch.
Etwas verwunderte mich doch noch. Jetzt war zu meinen offenen Browserfenster noch ein kleines neues Fenster aufgepoppt. Dieses Wort habe ich nicht neu erfunden. Auch habe ich es nicht auf der Straße aufgeschnappt, wenn sich eine Gang ziemlich laut unterhält. Poppen ist hier etwas gänzlich anderes. Wer es wissen will ruft einfach Knut an.

Ach so, da stand jetzt: Bewerten Sie jetzt unsere Beratung ... bla, bla". Ich werde es Knut lieber persönlich sagen. Warum er mir noch das Fenster geschickt hat ist mir nicht klar. Wir kennen

uns doch. Hoffentlich spielt er den Witz noch seiner Frau vor. Die hat sonst nichts zum Lachen.
Anmerkung:
Wem die Geschichte hier zu lang sein sollte, dem kann ich sagen, dass es kürzere Zeit dauert sie zu lesen, als ich brauchte um mit "Easy" einen guten Kontakt zu pflegen.

-------

1)Browser: dt. Brauser = ist einer der sich öffnet und flitzt. Nicht verwechseln mit "Flitzer".
Könner: der Autor daselbst
2)Strieming: ausl. =Streaming schreiben, aber nicht sprechen
3)Ruhter: ausl. = Router schreiben, aber nicht sprechen
4)Easy: umgs.= Einfach, leicht [ohne Schwierigkeiten], mühelos, bequem, locker, lässig, unschwer, behaglich, ungezwungen
.

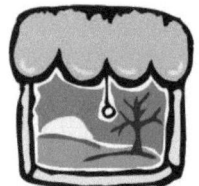   

**Heute gibt es Wetter**

Wir haben das Wetter im Griff. Es sind nur noch kleine Software-Fehler zu beseitigen
Allen Diskussionen und Rangeleien zum Trotz wird es auch heute wieder ein Wetter geben. Es ist angedacht Wolken zu verschieben. Auf alle Fälle machen wir wieder viel Wind. Sollte es Donnern kommt das nicht vom Donnerbalken, sondern nennt sich "Wettererscheinung". Diese Erscheinung hat nichts mit der "Weißen Frau" zu tun; es erscheint auch niemand sondern da ist einer mit Knall abgegangen. Blitze kommen heute selten vor, werden aber garantiert die Falschen treffen, wie Auszeichnungen und Bomben.

Wir werden in unseren Bemühungen fortfahren und Jeden Tag ein Wetter bieten, das sich gewaschen hat. Bitte immer die Wäsche rechtzeitig von der Leine nehmen (gilt nur für Gartenbesitzer und Nutzer von Trockenplätzen). Hüter von Nutzpflanzen können heute sprengen, sollten aber dazu Wasser nehmen.
.

## Heute habe ich mich geärgert!

Heute habe ich mich geärgert und muss mal Dampf ablassen. Ja, ja. War nichts Besonderes, aber man soll ja den Ärger nicht runter schlucken. Gibt Magengeschwüre, sagt der Arzt. Also werde ich jetzt mal so vor mich hin meckern. Was ich hier knurre und murmle hat garantiert nichts mit der Ursache meines Ärgers zu tun. Es ist so zu sagen ein Stellvertreter-Ärger. Nun kann man über Stellvertreter unterschiedlicher Meinung sein. Oft sind sie sogar besser als der Chef, aber es bleiben Stellvertreter. Unterbezahlt und unterbewertet. Arme Schweine eben. Nicht unten - nicht oben. Sie genießen Ansehen, aber haben keine Macht. Wollte ich das jetzt sagen?
  Es geht mir doch um das Dampf ablassen. Um Ärger. Nicht mein Ärger. Nein, ich ärgere mich nur über Andere. Habe ich nun keinen Ärger? Das bejahe ich entschieden.
Ich will jetzt keinen Streit vom Zaun brechen. Nur mal den Ärger kanalisieren.

Heute nun der Stellvertreter-Ärger. Namen!
Hier besonders Straßennahmen. Sehe ich in meinem Ort einen Straßennahmen bei meinem Spaziergang, so fallen mir oft die ehemaligen Bezeichnungen dieser Straße ein. Jede Ära, jede Regierung, jeder Stadtvater/jede Stadtmutter hatte eigene Ansichten wer zu ehren wäre.

Warum nur? War die alte Bezeichnung überholt? Standen in der Lindenstraße plötzlich keine Linden mehr? Doch!
Immer wieder pflanzten neue Generationen in der Lindenstraße Linden. Aber was passierte? Diese schöne Straße, die noch fast so ursprünglich wie damals aussieht heißt jetzt nach einem Politiker oder Widerstandskämpfer einer vergangenen Zeit. Junge Generationen sollen erinnert werden. Woran? Was war an diesen Menschen besser als an den Linden? Die jungen Generationen darfst du nie nach der Bedeutung einer Straßenumbenennung fragen. Sie wissen nichts von der geehrten Person.

Ich habe zu viele Straßen-Umbenennungen erlebt. Bisher waren alle eine Fehlbenennung.
Liebe Väter und Mütter unserer Städte und Gemeinden. Lasst mir die überlieferten Namen. Als Ausnahme lasse ich mir nur gekaufte Straßennamen gefallen. Das macht ein Konzern gern. Solange das meine Anschrift nicht trifft ist es mir egal. Und ich hasse diese vielen Bindestriche in der Namensbezeichnung.

So!! Ich habe meinem Ärger Luft gemacht. Stellvertretend natürlich. Ein Magengeschwür hat eben bei mir keine Chance.

## Heute habe ich Schnupfen

Erst war es ein sanftes Kribbeln in der Nase. Das war nicht so übel. So wie beim Champagner trinken.
Also nichts Gefährliches. Ist es nicht schön, wenn es mal kribbelt?
Das Kibbeln! Etwas war anders, wie es jetzt kribbelte. Sonst war es mit zwei, drei Niesern erledigt. Befriedigt ging ich dann meinem fest eingeteilten Alltag weiter.

Zwischendurch einige kleine Nieser und jeder Tag endete zufriedenstellend. Bis, ja bis eines Morgens das böse Erwachen kam. Hier muss ich eine kleine Korrektur einfügen: Nicht das Erwachen war böse, sondern die Luftlosigkeit. Luftlosigkeit ist für meine Nase, was der Doktor Atembeschwerden nennt. Lustlosigkeit, falls das jemand so verstanden hat, ist die Abwesenheit von Kribbeln.
Ich ging ins Bad, ich ging in die Küche - immer schnappte ich wie ein Karpfen; zwischen jedem Happen vom Butterbrot holte ich hörbar Luft.

Meine Frau guckte etwas irritiert. Das kannte sie kaum von mir. So schwer atmete ich nur, wenn sie mich zum Müllcontainer schickte. Also ich meine vorher. Hinterher war ich natürlich wie ausge-pumpt. Mir blieb immer wieder die Luft weg, wenn ich erzählen sollte, wen ich im Treppenhaus getroffen hatte. Und die ganzen Neuigkeiten, die ich dort hörte.
"Lass dir doch nicht immer alles aus der Nase ziehen", drängte sie manchmal.

Würde sie es heute einmal sagen. Meine Nase war wie ein Wasserschlauch, auf den jemand getreten war. Ich musste durch den Mund atmen, um mein Leben zu retten.
"Hast du dir einen Schnupfen geholt?" Klang das besorgt? Lauschte ich ihrer Stimme nach. Innerlich ging ich natürlich voll auf Abwehr. In den vielen Jahrzehnten meines Hierseins habe ich mir noch nie eine Krankheit geholt. Geholt! Denkt mal über die Konsequenzen nach.

Immer hatte mich ein Schnupfen ereilt, erfasst oder übermannt. Ich glaube der letzte Ausdruck trifft es annähernd. Ich fühlte mich bei Schnupfen immer wehrlos. Unterstützung erhielt ich selten ein-mal.

In der Kindheit bemerkte meine Mutter meinen Schnupfen nur, wenn ich wieder einmal den Ärmel benutzt hatte. "Junge, nimm endlich ein Taschentuch!" kam dann prompt die Erziehung zum fehler-freien Menschen.

Taschentuch. Das kannte ich. Das nutzten manche Erwachsene. Aber auch nur dann, wenn sie mit Hut auf die Straße gingen. Nachkriegszeit. Wer gab schon seine Punktekarte für Taschentücher?

Mädchen hatten Taschentücher. Die trugen sie in einem gehäkelten Beutel um den Hals. Und darin war ein winziges Taschentuch mit Häkelrand. Das reichte nie für einen ausgewachsenen Schnupfen. Meist trockneten die Mädchen auch nur demonstrativ die Tränen, wenn ein Junge beim "Hopse"-Spielen gewann.

Da fällt mir noch ein, was ich wundersam fand.
Spielten wir mit Murmeln, so verlor ich manches Mal fast alle Murmeln. Mädchen gingen immer mit vollem Murmelbeutel nachhause. Sie gaben nach Spielenden erst Ruhe, bis sie alle verlorenen Murmeln wieder eingesammelt hatten. Ihr Taschentuch war danach so in Mitleidenschaft gezogen, dass die Mütter oft aus dem Haus rasten und uns "Taugenichtse", "Rotzlöffel" oder Schlimmeres schimpften. Nein, wir waren keine hinterlistigen Jungen, wir waren gewitzt. Höchstens mal etwas listig. "Rotzlöffel"? Niemand hat mir bisher den Gebrauch eines "Rotzlöffels" erklärt.

So spielten diese quadratischen Tücher bereits in meiner Kindheit eine große Rolle. Ich hatte aber keine Taschentücher. Rannte ich zu oft mit "Kerzen" unter der Nase herum, so zerriss meine Mutter ein altes Hemd und gab mir ein Stück Stoff als Taschentuch. Einige Tage ging das auch gut. Aber ich fiel doch in der Clique auf, wenn ich immer eine ausgebeulte Hosentasche hatte. Immer fragte jemand grinsend, was ich dort heimlich herumschleppe. Als doch lieber den Ärmel nehmen, bis zur nächsten Erziehungsmaßnahme.

Typisch. Ich bin wieder in die Kindheit abgeschweift.
"Ja, ich habe wohl einen Schnupfen" erklärte ich mit kratziger Stimme.
"Steck' mich nur nicht an. Nimm die Papiertaschentücher, die helfen gegen Wieder-Ansteckung. Mach' dir ein Dampfbad. Eine Tablette schadet auch nichts. Guck' mal im Verbandskasten

nach. Sind bestimmt noch welche von Jackie da, als sie erkältet war".

Das prasselte nur so auf mich herab. Ich hielt mir gerade ein Taschentuch unter die Nase, trotzdem es an meinen Augen bestimmt höhere Aufgaben verrichtet hätte.
Ich kämpfte mich jetzt nacheinander durch meine Aufgaben.
Zum Schluss kam das Dampfbad. Das tat gut. Die Dampfwolke mit ihrem Kräutergeruch hüllte meinen Kopf ein. Wohlig ließ ich das Kondenswasser von meinem Gesicht tropfen. Ich dachte an früher. Da waren wieder diese Bilder mit den vielen Federbetten über mich. Dann ein sogenannter Lichtkasten. Ein Holzkasten mit vielen Glühbirnen, der mir über den Kopf gestülpt war. War das schon die Hölle?

Nicht immer an früher denken. Ich sollte jetzt genesen. Dafür bekam ich Salbeitee oder Lindenblütentee. Lindenblüten selbst gesammelt! Ich zog den Dampf durch Mund und Nase. Ich hustete und röchelte. Dann ließ der Druck im Kopf langsam nach. Meine Dampfwolke waberte. Einen Wunsch äußerte ich noch. Ich wünschte mir einen kleinen Königskuchen. Den bekam ich nur, wenn ich ernsthaft krank war. Er kostete nur eine Mark und war dann immer nur für mich. Angina wurde dann richtig schön. Ich lag im Bett und aß meinen Kuchen. Dazwischen immer in kleinen Schlückchen etwas vom Salbeitee. Der süße Kuchen machte ihn erträglich.

Wohlig räkle ich mich. Viele Bilder ziehen an meinem inneren Auge vorbei. Ein Lächeln erreicht mich. Dann ein Kuss auf die Stirn, ich ziehe die Bettdecke bis an mein Kinn und dämmere in einen Halbschlaf.
Plötzlich wird mein Kopf kalt. Brrr, das ist grässlich. Ich schlage die Augen auf und erblicke meine Frau.
"Sag mal, hast du Marihuana für dein Dampfbad genommen? Du hängst hier schon eine Stunde über der Schüssel. Wolltest du nicht etwas gegen deinen Schnupfen tun? So wird das nichts mein Lieber. Ich reibe dir jetzt die Brust und den Rücken ein und dann legst du dich ins Bett und deckst dich fest zu. Du solltest jetzt schwitzen."
Genau das mache ich jetzt. Irgendwie traue ich mich nicht, nach dem kleinen Königskuchen zu fragen.
Jetzt ziehe ich die Bettdecke bis an mein Kinn und dämmere im Halbschlaf vor mich hin.
Ich habe Schnupfen.

**Hier liegt das Geld auf der Straße**

Aber bitte nicht für Jeden.
Vor eisgrauen Zeiten musste ich noch jede Zeitung mühselig einzeln in jeden Briefkasten stecken. Dazu hetzte ich immer treppauf - treppab. 5 Etagen ohne Fahrstuhl. Heute geht das "Rucki-zucki". Dabei hat jeder Zusteller seine eigene Methode entwickelt. Alle Zeitungen mit dem Fahrradanhänger von der Anlieferungsstation abholen. Dann den Freund oder die Freundin alarmieren und los geht's. Die Freunde sind ungeeignet. Weil die nur von ihren guten Eigenschaften reden, sonst aber nicht helfen. Aber sie behalten wenigstens den Fahrradanhänger im Auge. Der Zusteller muss nun alle Briefkästen einzeln bestücken. Langwierig! Ohne Motivation hat der Zusteller bald keine Lust mehr für diese Methode der Zustellung.

Jetzt greift er zu Methode zwei. Er bequatscht die Freundin. Alles wie vorher, aber jetzt hält sich der Zusteller am Wagen fest und die Freundin bestückt flink die Briefkästen mit den Zeitungen. Dabei lässt sie ihren Angebeteten nicht einen Augenblicklich aus den Augen. Im Augenwinkel sieht sie ob er lächelnd den Daumen nach oben hält und die Lippen spitzt. Mit solchen positiven Signalen sind flink alle Zeitungen im Briefkasten. Dann holte sie sich neue Zeitungen und einen Kuss.

Methode drei ist effektiv und lohnend zugleich. Nach dem Abholen bringt er die gesamte Ladung Zeitungen bis zum nächsten Papiercontainer und wirft die ganze Ladung hinein.
Gut. Geldverdienen im Handumdrehen ist das auch nicht. Auch zu meiner Kinder- und Jugendzeit gab es das auch schon. Natürlich habe ich das nie getan, aber bei Anderen. Konnte ich es beobachten. Besonders Studenten waren darin wahre Meister. Als ich dann endlich Student wurde gab es das nicht mehr. Erschwerend kommt heute hinzu, dass heute fast alle Container abgeschlossen sind. Also bleibt den Zustellern immer nur der Papiercontainer in unmittelbarer Nähe der eigenen Wohnung. Das merkt auch der Nachbar, der gerade zufällig jeden Tag um diese Zeit aus dem Fenster sieht.

Völlig demotivierend ist es natürlich, dass der Zusteller genau weiß, dass niemand diese Zeitungen haben will. Der Empfänger hat sie nicht abonniert und sammelt sie nur aus dem Briefkasten, damit später auch noch ein Brief hinein passt. Ich glaube ich habe mich mit meinem Beitrag verfranzt. Soll ich nun den

Zusteller bedauern, weil er unnütz Papier bewegt und dafür Geld kassiert? Soll ich nun den Empfänger bedauern, dass er das Papier fünf Etagen (ohne Fahrstuhl) nach oben trägt, bündelt und wieder nach unten zum Papiercontainer bringt? Jetzt kassiert die Recyclingfirma. Wenn ich alles durchdenke werden diese Zeitungen produziert, damit Geld verdient wird. Einzig der Empfänger hat nur Arbeit und bekommt nichts dafür. Das ist ungerecht! Hiermit schlage ich vor, dass in jeder vierten Woche den kostenlosen Zeitungen nicht nur die neuesten billigsten Angebote beiliegen, sondern auch ein Fünf-Euro-Schein. Erst dann ist doch der richtige Geldumlauf eingerichtet. Nur so können alle den Schritt vom Empfänger zum Konsumenten vollziehen.
.

## Hilfe, die Friedel

"Hilfe, die Friedel!" Dieser Satz schoss mir durch den Kopf, als ich wie immer, völlig verträumt meine Straße entlang ging. Mein üblicher Weg. Ich ging ihn täglich. Die wenigen Ausnahmen davon sind nur Verabredungen geschuldet, die ich traf, um auch anderen Menschen an meiner Person teilhaben zu lassen.
Für diese Ausnahmen hatte ich so etwas wie eine Generalvollmacht von meiner Allerbesten. So etwas wird ausdiskutiert, wenn Meinungsverschiedenheiten noch zu gegenseitigen Beschuldigungen, Entschuldigungen und Trennungsabsichten führen.

Unsere Devise war es damals schon, nicht zum Messer zu greifen um das Bettlaken oder Anderes zu zerschneiden. Das zahlt sich heute noch aus.
Wie schon erwähnt, es gibt auch andere Wege für mich, aber heute war es mein eingefahrener, oder besser gesagt, mein ausgelatschter Weg.
Da eben kam der Kopfschuss, die Friedel!

Die Friedel?
Die Friedel ist einfach ein Naturereignis für mich. Ich habe keine Abwehrmaßnahmen um Friedel zu entgehen. Sie begleitet mein langes Leben mit ihren Vorschlägen, Ratschlägen, Vorwürfen, Ahnungen und Drohungen. Sie hat bisher nichts ausgelassen um meine mangelhafte Erziehung in den Punkten zu vervollkommnen, die anderen Frauen zu neben-sächlich erschienen. Sie kümmerte sich bei mir nicht um schmutzige Socken, Klobrillen und Reißverschlüsse die immer offen stehen; sie bemühte sich bei mir nicht einmal um das Gute in mir, nein - sie wollte das Beste in mir wecken, wovon ich nicht einmal wusste wo es in mir schlummert.

Ich glaube, dass ich mit diesen dürren Worten das Wesen "Friedel" gut beschrieben habe. Bliebe nur noch das Aussehen von Friedel zu beschreiben.
Fridel sieht nicht aus, sie ist eine Erscheinung, die einfach jeder Modewelle trotzt. Friedel kleidet sich nicht, sie bekleidet sich. Kurz, sie ist angezogen, aber sieht nicht besonders an-ziehend aus.
Den karierten Hut zur gestreiften Bluse hatte ich ihr nicht ausreden können, selbst die graue Wollmütze ("Sackmütze" sagen Kenner) zu Hotpants musste Friedels Umwelt verkraften. Dabei

war Friedel auch schon "gut bei Jahren". Sie hatte das letzte Lebensdrittel schon zehn Jahre gelebt, wenn sie auf ihr angestrebtes Gesamtlebensalter von 99 Jahren zu sprechen kam.
"Denkst du ich will Hundert werden? Ich bin doch nicht so bescheuert und liefere unserem Bürgermeister einen Grund in den Medien sein feistes Gesicht zu zeigen? Händeschütteln kann er bei mir nicht. Das gönne ich ihm nicht."
Friedel eben. Da es Bürgermeister gab, die noch nicht einmal Friedels 50. Geburtstag erlebt hatten, kam ihr gar nicht in den Sinn.
"Ach, da bist du ja endlich, mein Bester!"

Friedel stürzte förmlich auf mich zu. Also wörtlich. Den letzten Schwung musste ich sogar noch bremsen, sonst wäre sie auf meinen ausgetrampelten Weg gelandet. Nicht auszumalen das Bild, wie Friedel so der Länge nach auf mir...ne, nee.
"Was grinst du schon wieder wie ein Honigkuchenpferd? Immer wenn ich dich sehe hast du dieses dämliche Grinsen im Gesicht. Kannst du nicht einmal richtig lachen?"
Ich nickte beklommen.

"Habe ich gestern", antwortete ich wahrheitsgemäß, da ich wusste, dass Friedel schon immer jede meiner kleinen Schwindeleien durchschaut hatte.
"Gestern, gestern", schimpfte sie. "Deiner besten Freundin kannst du auch mal ein Lächeln schenken. Kostet dich doch nichts!"
"Was nichts kostet, ist auch nichts wert. Deine Rede!" trumpfte ich auf.
Friedel stutzte.
"Ich wusste gar nicht, dass du Lehren von mir annimmst. Na endlich einmal. Was habe ich schon an Zeit auf dich verschwendet. Und was hat es genutzt? Du läufst immer noch deinen alten Trott. Immer noch treffe ich dich an derselben Ecke, wie Jahre zuvor."
Jetzt stutzte ich auch. Lauert mir Friedel immer hier auf? Ist deshalb ein Zusammenstoß unvermeidlich? Das werde ich einmal durchdenken, nahm ich mir vor und machte einen Schritt vorwärts.
"Halt" gellte es mir im Ohr. "Wohin so eilig junger Mann? Wir hatten noch nicht einmal Zeit uns zu begrüßen."
"Guten Tag Elfriede" flüsterte ich erschrocken.
"Elfriede?"
"Elfi" berichtigte ich und sah jetzt in ihre Augen.

Was nun? Ich war noch nicht tot? Friedels Augen schleuderten Blitze der schlimmsten Sorte auf mich. Was war schon Zeus dagegen? Ein mickriger Pyrotechniker.! Was Friedel hier schleuderte war todbringend und hätte jeden Zaunpfahl in Brand gesetzt. Denn nichts anderes war schließlich ihre Frage. Ein angespitzter Zaunpfahl.

Das war der bekannte Wink mit dem Zaunpfahl. Sie hatte mich schon oft dahin berichtigt, dass ihr Taufname nicht unbedingt ihre Billigung findet.
"Guten Tag Elfi" sagte ich brav, nachdem ich mich geräuspert hatte.
Jetzt lächelte Friedel, äh Elfi: "War das so schwer?"
"Nö, eigentlich nicht" gab ich zu.
Na ja. Trotzdem. Elfriede, Friedel oder so, war mir nie wie eine Elfe erschienen. Sie hatte nichts Elfengleiches. Elfen waren immer Wesen, die in meiner Fantasie im Negligé im Wald herumflatterten. Und Friedel?

Ich unternehme einmal den Versuch ihr heutiges Negligé zu beschreiben:
An den Füßen trug sie Schuhe, die denen von Arbeitsschutzschuhen mit Stahlkappen auf ein Haar glichen.
Die Strümpfe waren sorgfältig heruntergerollt und gaben noch den Rest ihrer ursprünglichen Farbe preis: lila!
Die Waden muss ich nicht besonders beschreiben. Frauenwade in Eiform ohne Beinkleid! Mehr geht eben nicht.
Die Hose muss die Elfe aus der Erbschaft ihres Opas haben. Der hatte aber bestimmt mehr Leibesfülle gehabt als Friedel. Das glich aber ein schmaler Gürtel ihrer Oma aus.
Die Bluse? Heute hatte Friedel eine neue Bluse an. Das sagte ich ihr auch sofort.
"Das hast du bemerkt? Du machst ja Fortschritte. Hast du das hier auch gesehen?"
Friedel wies mit einem Finger auf ein rotes Ahornblatt, das auf der Blusentasche prangte.
"Du warst in Kanada?"
"Blödmann!" donnerte sie. "Das ist ein Holzfällerhemd, du Träne!"
"Blöd? Ich bin nicht blöd", rechtfertigte ich mich.
"Was du als blöd bezeichnest ist ein Mensch mit gedrosselter Hirnleistung!" merke dir das, ehe du andere Leute beschimpfst!" trumpfte ich noch abschließend auf.

Was tat jetzt Elfriede? Ehrlich, so blöd sah sie noch nie aus, als sie mich überrascht ansah. Ich kostete meinen Triumpf aus und grinste wieder etwas. Schnell rief ich mich zur Ordnung, ehe Friedel eine Bemerkung machen konnte.

Nach dem Ahornblatt kommt ihr Gesicht. Dazu sage ich hier nichts. "Jede Frau hat ihre eigene Schönheit, man muss sie nur erkennen". Das hatte mir meine Mutter schon in meinen Kinderjahren eingebläut, wenn ich wieder einmal eine Frau in der Bahn nicht so hübsch fand wie meine Mama.
Auf dem Kopf hatte Friedel heute einfach nur Haare. Nicht Hut, nicht Sack - einfach nur Haare!
Wow! Das gab es selten. Die Frisur? "Frisierte Unordnung" könnte zutreffend sein. Oder "Aufgeplatztes Sofakissen". Na ja. Es liegt eben immer im Blick des Betrachters, was er erkennen möchte.
Jetzt habe ich meine Elfe ausführlich beschrieben.

Ehe sie mich wieder mit ihren Vorschlägen, Ratschlägen oder sonstigen Tätlichkeiten treffen konnte bremste ich sie mit meiner weit ausholenden Frage aus: "Wie geht es eigentlich deinem Freund?"
Jetzt war ich ergriffen. Nicht von meiner Frage. Von Elfriede. Sie hakte sich bei mir unter und riss mich förmlich weiter auf meinen Weg, den ich nicht weiter beschritten hatte, weil mich Friedel traf.
"Der ist bei mir unten durch."
"Jetzt schon? Ihr kanntet euch doch erst einige Jahre. Und du wolltest doch nicht immer diese kurzen Beziehungen. Du sagtest doch selbst, dass du immer so viel investierst und dann verschwinden die Kerle so schnell. Bist du jetzt pleite? Hat er dich angepumpt?"
"Du begreifst wohl die einfachsten Dinge nicht du ... äh Leistungsgeminderter. Wir hatten uns entliebt. Oder sagt man ausgeliebt? So etwa wie in dem Lied, das jetzt rauf und runter gesungen wird."
"Für dich ist wohl auch noch kein Mann gebacken, Elfi? Wie muss denn ein Mann für dich sein?"
"Nicht, wie ihr Männer immer denkt. Wir Frauen sind doch ganz einfach gestrickt. Was wollen wir schon?"
Ich guckte fragend.
"Ach ja. Kannst du ja nicht wissen. Bist auch ein Mann. Sagt jedenfalls deine Liebste immer. Ist einfach: Mein Mann für alle Fälle ist smart, fügsam, humorvoll, fleißig, sorgsam, treu, treu-

sorgend, stark, nicht sexbesessen, aber immer fit, rasiert, zärtlich, Macho und etwas zurück-haltend."
"Elfi, du weißt schon, dass ich in festen Händen bin?"

Warum grinste Friedel jetzt? Ich werde wohl nie aus den Frauen schlau. Sie schlug mir mit der flachen Hand vor die Stirn. Wer weiß, was das nun wieder bedeutete. Mir egal. Was Elfriede sich so dachte? Über 70 Lebensjahre, also eine schwache Achtzigerin und immer noch Träumerin. Weiß sie denn nicht, dass das Durchschnittsalter für Männer 74 Jahre ist? Jedenfalls in Deutschland.
Ich sagte ihr das aber nicht, dass ihre Wunschmänner schon in der Grube sind. Dafür gab ich ihr den Tipp, doch nach einen jodelnden Lederhosenträger mit Ziegenherde aus dem Hochgebirge zu suchen.
"Du erzählst heute aber einen solchen Käse..."
"Ach ja, vergaß ich. Den macht er auch noch."
Elfriede schwieg etwas nachdenklich.
"Ich habe da mal etwas gehört. So eine weibliche Berühmtheit hat das gesagt. Es ist nicht unbedingt meine Meinung, aber ich zitiere jetzt mal ..."
"Nun sag schon. Deine ewigen Redeschleifchen kannst du für deine Schuhe nehmen!"

Also sie sagte: "Wenn ein Mann etwas schöner ist als ein Affe - ist er kein Mann!"
Ich guckte Friedel etwas verlegen an. "Ist nicht von mir" betonte ich noch einmal.
"Da muss ich noch mal drüber nachdenken. Vielleicht hat die Frau einfach Recht? Wenn ich so darüber nachdenke ... der Affe, der mir gegenüber wohnt guckt auch so lüstern nach mir. Ich frage ihn mal, wie er darüber denkt. Vielleicht ist er nicht so genmanipuliert wie manche Männer. Ich habe da auch ein Zitat, was ich dann teste: "Wenn du nichts von dir preisgibst erfährst du nichts vom Anderen! Ich werde ihm mal die Zeit ansagen!"
Schwupps, Sprach's und meine Elfe war mir entschwebt.
.

## Ich trage jetzt Hosenträger zum Gürtel

Ich fahre gern mit der Straßenbahn (für sprachunkundige: Tram). Ich nehme jetzt die international übliche Bezeichnung auch für Straßenbahn und schreibe im Folgenden TRAM.

Also, ich fahre gerne Tram. Fast täglich fahre ich Richtung Kling Allee und zurück. Es macht Freude die Zu- und Aussteigenden zu beobachten. Kichernde Gymnasiastinnen, die immer zu den Jungs gucken und dann wieder kichernd die Köpfe zusammenstecken. Oder Omi mit ihren "Rollator". Der muss immer etwas angehoben werden wenn sie einsteigen will. Das macht Probleme mit dem Gleichgewicht. Wenn sie es endlich geschafft hat können endlich die hinter ihr Wartenden an ihr vorbei huschen und die letzten freien Plätze besetzen. Je jünger sie sind, desto mehr Aussicht auch einen Sitzplatz. Noch schnell die Ohrhörer einstecken und "Heavy Metal" scheppert durch die Tram. Omi klammert sich an einer Stange fest und trainiert in den Kurven das Gleichgewicht. Ein Tag wie jeder andere.

Und eigentlich nie ein Tag wie jeder andere. Gestern stieg ein junges Pärchen ein. Sie strahlend schön, ganz in weiß. Zum Anbeißen. Er ein Kerl wie ein Baum, die Haut glänzt. Oh, waren die schwarz. Ich war in Afrika, aber wo waren dort diese schwarzen Kerle gewesen? Ich sah so etwas erst hier.
Dieser riesige Mann schob einen Kinderwagen in die Bahn und griff hinein. Ein winziges Bündelchen kam zum Vorschein. Er reichte es seiner Begleitung. Sie legte sich das Kleine Bündel so an den Körper, dass der Kopf über ihre Schulter guckte. Jetzt guckten mich zwei kohlrabenschwarze Kulleraugen an. Das Bündelchen entpuppte sich als Kopie der Mama. Ich war hin und weg.

Soviel Mann bin ich ja: ich begann mit dem kleinem Gesichtchen zu schäkern. Meine Frau fragte scheel. "Flirtest du schon wieder?" Ein kleines Händchen griff nach meiner Brille. Diesen Effekt kenne ich. Goldrandbrille! Damit habe ich bisher jedes Kleinkind beeindruckt.
Jetzt entspann sich ein kleines Spiel: kleine Händchen nehmen die Brille ab - große setzen sie wieder auf. Zwischendurch glucksendes Lachen. Einige Stationen ging das so. Mein Puls ging schneller. Wir lachten uns beide an. Der große Schwarze erhob sich, griff das kleine Bündel und alle stiegen aus. Ich zog den Bauch ein und fühlte mich in Hochstimmung. Zwei "Halbstarke"

stiegen ein. Entschuldigung. Ich weiß den neuen Begriff nicht. Jedenfalls sahen sie nicht stark aus.

Sie blieben in der Tür stehen während die Bahn fuhr. Laut gestikulierend unterhielten sie sich. Zwischendurch wiederholten sie öfter das Ritual mit dem Hand an Hand klatschen: "Give Me Five". Kennt ja jeder, der die deutsche Sprache beherrscht.
Sie sahen sich nicht ähnlich, trotzdem sie den gleichen Namen hatten: "Alder". So redeten sie sich ständig an. Jeder Satz begann mit: "Eh Alder..." Ich hörte gespannt zu. Sogar meine süße Kleine von vorhin hatte ich fast vergessen. Ich erzähle hier nicht wieder welches Thema sie hatten, aber es musste ums Essen gehen. Sie redeten von "Schnitte" und "Torte". Etwas fesselte mich an dem einem "Alden". Ich muss das hier einfach mal erzählen.
Also: Auf dem Kopf ein schwarzes Basecap. In den Ohren weiße Ohrhörer, etwas Akne im Gesicht, keine Andeutung von Bartwuchs, das T-Shirt schwarz mit einer riesigen weißen Schrift in "Fraktur" (kann heute fast niemand mehr lesen - ich konnte es, will aber den Text hier nicht wieder geben, weil mir sonst eine Sperre droht), breiter Gürtel mit Ketten, eine Hose, Hosenträger! Leute, ich schreibe hier diese unbedeutende kurze Wort "Hose". Was dieser "Spacki" da trug war keine Hose - das war ein Monument!
Zum Vergleich: ich trage so eine Hose worin mein süßer "Knackarsch" immer so recht zur Geltung kommt. Alles hauteng. Keine Hosenträger. Da gibt es nicht viel Platz drin. Nur mal so gesagt. Ich konnte die Augen nicht mehr von dem "Beinkleid" lassen. In meinem Kopf lief ein Kaleidoskop von Bildern ab. Kein "Knackarsch", aber was wir so landläufig als "Schritt" bezeichnen" hing in den Kniekehlen. "Herrgott du bist ungerecht! Immer bekommt einer alles und ich gehe leer aus!" Mein stilles Stoßgebet. Und der "Spacki" war noch nicht mal ausgewachsen! Wenn sich die Mode nicht allzu sehr ändert wird er später Rock tragen, knöchellang. Die lieben alten Damen im Internet, die, die solche erotische Unterwäsche stricken, sollten schon Maß nehmen und das auf das jährliche Wachstum für zehn Jahre umrechnen. Ich sackte auf meinem Sitz zusammen.
Ich hatte meine Station erreicht. Vorsichtig erheben (damit niemand das Knacken der Gelenke hört) und Richtung Ausgang gehen. Die Tür sprang auf und ich zwängte mich zwischen die beiden durch. Dabei blieb meine Jacke am Rucksack des Einen hängen und trotzdem drängte ich weiter nach vorn. Da pas-

sierte es: Der Rucksack plumpste zu Boden. Jetzt holte der Betroffene tief Luft: "Eh, biste matschisch inne Birne? Pass uff sonst. äh.. äh.. eh bist du alt".
Autsch!
Die Tür der Tram schlug zu. Die Tram fuhr ab. Zurück blieb ich - mit nur noch einem Wort im Kopf: ALT.
Ich radle, ich rodle, ich skate, ich rocke, ich kenne den Unterschied zwischen Johann Strauss und Mark Medlock. Mich hat es eiskalt erwischt. Ich bin alt!
Meine Identitätskrise hat begonnen. Ich werde jetzt zu Hosenträgern UND Gürtel greifen.
.

## Ich bin ein Niemand

Wenn ich durch die Straßen gehe hebt niemand seinen Blick von seinen Schuhspitzen Alle gehen wie Trüffelschweine.
Sieht mich den Keiner? Bin ich ein Nichts?
Ich mache doch so etwas auch nicht. Kommt mir ein Mensch entgegen so sehe ich ihn kurz an. Erregt etwas an ihm meine Aufmerksamkeit sehe ich länger hin. Oft lächle ich auch. Entweder als Antwort auf ein Lächeln oder weil der Typ, der an dem ich vorbei gehe, irgendetwas an sich hat, was ich merkwürdig finde.
So eine Sache, die ich merkwürdig finde, ist das Tragen von Kaffeebechern mit den abenteuerlichsten Aufdrucken. Anfangs dachte ich, dass sie alles aus demselben Laden kommen mit diesen Bechern. Die häufigste Aufschrift lautete nämlich "Café to Go". Ich kannte aber kein "Café ToGo" in meiner Stadt. "Grübel, grübel" würde ein Liedermacher singen. Ich schlug zu und im Lexikon nach. Ergebnis: Nichts!
Ein Lexikon gab wenigstens noch bekannt, das Togo ein Staat in Südwest-Afrika ist und früher eine deutsche Kolonie war. Bringen die uns jetzt den Kaffee, das wir wiederkommen? Als Bestechung sozusagen?

Kaffee aus Afrika. Klar, woher sonst? Dort sind sogar die Einwohner kaffeebraun. Ich habe schon welche gesehen.
Die Becher hatten es mir immer noch angetan. Ich blickte mich jetzt öfter nach diesen Bechern um. Die betreffenden Leute grinsten mich an, nahmen einen Schluck daraus und flitzten weiter. Das bewegte mich jetzt so sehr, dass ich mich heimlich bei einem Nachbarkind danach erkundigte.
Früher hatte ich mit ihm öfter "Huschbahn" gespielt oder ich war der Esel und er durfte auf mir reiten. Wenn ich nicht "i a" machte bekam ich eins mit dem Stöckchen.

Ich hatte Glück und der Bengel wusste etwas: "Eh, Alder, wenne nicht weßt frag' mia. Ick kann sag'n woet lang jeht."
Ja, ich hatte eine Wissenslücke. Ich stehe dazu. Nachhaltig.
"Alsooo, dat mit'n to Go is so, weil, gehst du inne Kaffeebude, da wo se Kaffee vakoofen sagste du willst Kaffee. Nun fragen die dich "togo?" und du nickst, klaro?" Ich nickte.
Am nächsten Tag probierte ich das sofort. Rein in ein kleines Stehcafé und ich bitte um Kaffee. "Togo?"
Eh, das klappte. Der Bengel hatte Recht. Ich bekam jetzt einen bedruckten Kaffeebecher aus Pappe, der den gleichen Aufdruck

trug, wie die anderen Becher, die Straße auf - Straße ab getragen wurden.
Kamen mir jetzt Leute entgegen, so wechselten wir kurz einen Blick auf den Pappbecher und dann einen Blick in die Augen. Wir lächelten. Gemeinsames Erlebnis stärkt. Ich war stolz auf mich.
Man sah mich. Ich war wieder wer.

Meine Tochter hat mich dann etwas vorsichtig natürlich, darüber aufgeklärt, was die Aufschrift "toGo" wirklich bedeutet. Ich hatte sie schließlich auf die besten Schulen geschickt. Das Mädel ist echt schlau.
Und was heißt das nun?
"Zu gehen"
Eh, man "Kaffee zu gehen". Klingt irgendwie doof.
Jetzt bin ich aber schon ein Schritt weiter. Ich habe mir einen Mercedes zugelegt. Nein, für einen Schlitten mit Stern reichte es bei mir nicht. Ich meine einen Kaffeebecher aus Edelstahl, doppelwandig, mit einem Deckel und in dem Deckel ein Loch und in dem Loch einen Trinkhalm aus Edelstahl. Das fetzt. Ich verbrenne mir zwar immer wieder die Lippen an dem Trinkhalm, aber Plastik kann ja jeder.
Stolz schreite ich jetzt meinen Weg. Alle gucken. Ich werde gesehen. Zuletzt habe ich es mit kaltem Tee versucht, das Ergebnis war das Gleiche. Nur verbrühte Lippen hatte ich nicht.
Erkenntnis?
Mach's wie alle, aber nur äußerlich!
.

**Wie werde ich vernetzt aufgeklärt?**

Ich habe in einem Blog einen Beitrag gelesen der mit Begriffen gespickt war, die ich nicht verstanden habe.
Ich bitte alle Blogger, mir diese Wörter und Begriffe so zu erklären, dass sie für mich zu begreifen sind.
Bitte nicht für eine Begriffserklärung eine Seite A4 verwenden.
Es reicht mir auch ein Wort. Am besten funktionieren Erklärungen mit einem Synonym.
-
Was ist:
Vernetzt aufklären?
-
Was ist:
Mitnehmen?
Wird der Bürger unmündig an die Hand genommen?
-
Was ist:
ganzheitliche Lösungen? Oder Ganzheit?
-
Was ist:
transparent geschrieben?
durchscheinend? nicht lesbar? kaum zu sehen?
-
Was ist:
vernetztes Verstehen?
Muss ich dazu vernetzt aufgeklärt sein?

Ich weiß, dass diese Begriffe in allen Medien verwendet werden.
Sie sind leider nicht selbsterklärend.
.

**Ich hatte eine schöne Kindheit**

Diesen Satz höre ich jetzt immer seltener. Äußert sich jemand über seine Kindheit für die Medien war seine Kindheit ein einziger Misthaufen. Vater schlug und Mutter war überfordert. Und der jubelnde Schlusssatz: "Ich habe es endlich geschafft! Jetzt kann ich mit meiner Vergangenheit abrechnen und ein neues Leben beginnen".

Das Geld, das der Befragte jetzt verdient macht ihn zu einem besseren Menschen. Jetzt verurteilt er jede Ungerechtigkeit und spendet auch mal für eine Kindereinrichtung in fernen Ländern. Man kann noch fast die blauen Flecken am ganzen Körper sehen, so bildlich schildern "Prominente" ihre Leiden in der Kindheit.

Alles haben sie allein geschafft? Es hat ihnen niemand geholfen? Sie hatten keine Wegbegleiter, die ihnen Grundwissen und Verhaltensweisen beibrachten? Niemand versuchte sie einen rechten Weg zu weisen?

Bleibt die Schlussfolgerung: "Ich habe es in den Genen!"
Von den Erzeugern ererbt? Geht auch nicht, dann wäre einiges schief gelaufen in ihrer Entwicklung.
"Umwelt formt den Menschen" sagt der Volksmund. Es muss also in der Umwelt des überragenden "Prominenten" doch Menschen gegeben haben die ihm zeigten wie ein guter Mensch sein kann.

Warum erwähnt der Befragte diese Menschen nicht?
"Ich hatte ein gutes Vorbild! - Meine Erzieher im Heim waren wirklich Klasse! - Meine Lehrer haben sich wirklich Mühe mit mir gegeben!"
Nichts von dem lesen oder hören wir. Unser neuer Halbgott hat alles allein geschafft!
.

**Bereits erschienen**

**Bei Amazon**
**Mein Leben mit Schatzi**
Die heitere Seite der Ehe

- **Taschenbuch:** 160 Seiten
- **Verlag:** Books on Demand
- **Sprache:** Deutsch
- **ISBN-10:** 3735751105
- **ISBN-13:** 978-3735751102
- **Größe:** 14,8 x 0,9 x 21 cm
  - http://www.ebook.de/de/product/23591606/arno_e_mueller_viermal_deutschland.html?originalSearchString=viermal%20deutschland

Der Autor schildert, wie das Miteinander in 50 Jahren Ehe funktioniert. Macken und Vorzüge. Genau wie im richtigen Leben. Natürlich sind die Geschichten frei erfunden! Niemals würde der Autor die kleinen Familiengeheimnisse ausplaudern. Diese Geschichten sind so kurz, dass sie sich in öffentlichen Verkehrsmitteln zwischen drei Haltestellen lesen lassen. Steigen Sie dann mit einem Grinsen im Gesicht wieder aus!

------------------------------------------------

**Bei ebook.de**
**Mein Leben mit Schatzi**
**Die heitere Seite der Ehe.**
Autor: Arno E. Müller

ISBN: 3735751105
EAN: 9783735751102
Paperback und eBook:
Verlag: Books on Demand

http://www.ebook.de/de/product/23191849/arno_e_mueller_mein_leben_mit_schatzi.html?originalSearchString=&searchId=726150522

**Bei ebook.de**

**Viermal Deutschland**
Autor/en: Arno E. Müller

Erlebnisse aus 70 Jahren schildert der Autor humorvoll, aber auch eindringlich. Kindheit Jugend, Berufsleben und das Leben in seiner Umwelt. Als Pflegekind, das

Leben bei der Mutter, im Kinderheim, Berufsbildung und die politischen Verwirrungen haben zu den Kurzgeschichten beigetragen.

EAN: 9783738670158
Format: EPUB
Erinnerungen an das vergangene Jahrtausend.
1. Auflage.
Verlag: Books on Demand
Januar 2015 - epub ebook - 284 Seiten
Download: 4,99 €

Bei Amazon

**Viermal Deutschland**
**Ein Zeitzeuge**

- **Taschenbuch:** 284 Seiten
- **Verlag:** Books on Demand; Auflage: 1 (5. Januar 2015)
- **Sprache:** Deutsch
- **ISBN-10:** 373474587X
- **ISBN-13:** 978-3734745874
- **Größe:** 14,8 x 1,5 x 21 cm

- Kindle Edition
  EUR 4,99
- Taschenbuch
  EUR 8,99

Erlebnisse aus 70 Jahren schildert der Autor humorvoll, aber auch eindringlich. Kindheit Jugend, Berufsleben und das Leben in seiner Umwelt. Als Pflegekind, das Leben bei der Mutter, im Kinderheim, Berufsbildung und die politischen Verwirrungen haben zu den Kurzgeschichten beigetragen.

Lebenserinnerungen, verpackt in über 100 Kurzgeschichten. Mal heiter, mal etwas ernster. Auf alle Fälle kurz und kurzweilig.

http://www.amazon.de/Viermal-Deutschland-Erinnerungen-vergangene-Jahrtausend/dp/373474587X/ref=sr_1_16?s=books&ie=UTF8&qid=1429780423&sr=1-16&keywords=Arno+E.+müller

**Der Autor**

Arno E. Müller,
Geboren in Berlin, wohnt in Potsdam.
Jahrgang 1939.
Druckermeister

Als Rentner blieb ihm endlich Zeit die Hobbys zu pflegen.
Das Fotografieren übte er sporadisch schon seit dem 16. Lebensjahr aus, das intensive Schreiben erst seit einigen Jahren.

Im Leben ist er fast immer ernst, doch sind die Kurzgeschichten mehr heiterer Art.